ИГОРЬ,

ПОЭМА ГЕРОИЧЕСКАЯ.

IGOR,

POÈME HÉROIQUE

TRADUIT DU RUSSE,

SUIVI DE

DEUX BALLADES

TRADUITES DE JOUKOVSKY,

AVEC LE TEXTE DE CES TROIS POÈMES,

ET DE

POÉSIES DIVERSES

CORRIGÉES ET AUGMENTÉES ;

PAR N. BLANCHARD.

> Faits des tems long-tems écoulés !
> Tradition d'une antiquité profonde !

MOSCOU,

DE L'IMPRIMERIE D'AUGUSTE SEMEN,

IMPRIMEUR DE L'ACADÉMIE IMPÉRIALE MÉDICO-CHIRURGICALE.

1823.

И поздно и рано,
Подъ древомъ свиданья Нинвана груститъ:
Уныло съ Нинваной
Одинъ лишь нагорной потокъ говоритъ:

ИГОРЬ,

ПОЭМА ГЕРОИЧЕСКАЯ

ПЕРЕВОДЪ СЪ РУСКАГО

СЪ ПРИСОВОКУПЛЕНІЕМЪ

ДВУХЪ БАЛЛАДЪ

ВЗЯТЫХЪ ИЗЪ ЖУКОВСКАГО

СЪ РОССІЙСКИМЪ ПОДЛИННИКОМЪ

И

РАЗНЫХЪ СТИХОТВОРЕНІЙ

Н. БЛАНШАРДОМЪ.

Дѣла давно минувшихъ дней!
Преданье старины глубокой!

МОСКВА,

ВЪ ТИПОГРАФІИ АВГУСТА СЕМЕНА.

1823.

IGOR,

POÈME HÉROIQUE,

SUIVI DE

DEUX BALLADES ET POÉSIES DIVERSES.

PRÉFACE

Je lus un jour ce poème dans le livre intitulé: *Recueil des Antiquités russes*, par le comte de Moussin-Pouchkin; et, charmé du style poétique et original qui y régnait, je le traduisis en prose, ne croyant jamais le mettre en vers; mais quelque tems après, relisant cet ouvrage, j'en essayai l'entreprise, et, ayant fait une quinzaine de vers avec assez de facilité, je continuai mon travail avec ardeur et parvins à l'achever, tant bien que mal.

Ce poème est un précieux reste des chants des *Boyans* ou bardes de la Russie. Il fut composé vers la fin du XIIe siècle; et l'auteur était, sans doute, contemporain d'Igor dont il chanta la guerre contre les Polovtsis. Il est à regretter que son nom ne soit point parvenu jusqu'à nous. Son style est plein de cette énergie mâle dont Ossian nous offre le modèle, et ses descriptions ont cette touche sombre qui caractérise les chants du barde de Morven.

ПРЕДИСЛОВІЕ

НА ПОЭМУ ИГОРЯ.

Однажды читалъ я сію поэму въ книгѣ подъ заглавіемъ : *Собраніе Россійскихъ древностей*, сочиненіе Графа Мусина-Пушкина ; и возхищенный оригинальнымъ и стихотворнымъ его слогомъ , я перевелъ ее въ прозу , не думая никогда положить ее въ стихи ; но спустя нѣсколько времени , я принялся за перо , и написавъ около пятнадесяти стиховъ съ большою волностью , продолжалъ свое предпріятіе , которую наконецъ , хотя съ погрѣшностями , я кончилъ.

Сія поэма есть драгоцѣнной остатокъ пѣсенъ *Бояновъ* или Бардовъ Россійскихъ. Она была сочинена въ концѣ XII столѣтія ; и Авторъ , безъ сомнѣнія , былъ современникъ Игоря, котораго онъ воспѣлъ походъ противъ Половцовъ. Должно сожалѣть , что имя его не дошло до нашихъ временъ. Слогъ его исполненъ тою мужественной силой , которую мы находимъ въ Оссіянѣ , и описанія его имѣютъ ту мрачную отѣнку отличавшуюся въ пѣсняхъ Морвенскаго Барда.

Les personnes qui liront le texte que j'ai placé ici, verront combien il y avait de difficultés à le traduire en vers, et me pardonneront les abréviations ou les péryphrases, que le sens obscur de quelques passages, ou le concours de noms propres exigeaient absolument : pour le reste j'ai tâché de le rendre avec toute la fidélité possible.

Особы, которыя будутъ читать подлинника, увидятъ, сколь трудно было мнѣ переводить его въ стихи, и, надѣюсь, простятъ укращенности и перифразіи, которыхъ причина была темный смыслъ нѣкоторыхъ мѣстъ, или рался собственныхъ именъ. Въ прочемъ, я стачисло перевесть со всевозможною точностію.

ARGUMENT.

Igor, irrité contre les Polovtsis qui avaient fait une invasion dans des terres de sa dépendance, assemble une armée ; et, suivi de ses frères, Vsévolod et Vladimir, il part pour se venger.

Le premier Mai, étant arrivé sur les bords du Donetz, ou petit Don, ce prince vit ses troupes couvertes d'épaisses ténèbres, produites par une éclipse de soleil qui effraya les plus braves; mais, afin de les rassurer, il paraît tranquille, et ordonne à ceux qu'avait épouvanté ce fatal augure, de retourner dans leurs foyers : mais aucun ne voulut l'abandonner.

L'auteur invoque Boyan.

Igor atteint les Polovtsis et les défait entièrement. Le lendemain, ayant reçu du renfort, les ennemis recommencent le combat

L'auteur quitte le champ du carnage pour comparer les exploits des princes qui se sont illustrés dans la guerre, à ceux d'Igor.

Svétoslaw et Vladimir, alliés et parens d'Igor, sont faits prisonniers. Lui-même, après une vigoureuse résistance, partage leur sort et perd toute son armée.

Svétosslaw, grand prince de Kiow, déplore la perte de ses neveux, et invoque à leurs secours, les princes ses contemporains.

Iaroslavna, épouse d'Igor, pleure ce malheureux prince, et adresse ses plaintes au soleil et aux flots du Dniéper.

Igor parvient à tromper la vigilance de ses gardes, et, à l'aide d'un nommé Ovlour qui lui procure un coursier, il franchit les frontières polovtsiennes et arrive sur les rives du Donetz, qui le félicite sur son heureux retour. Igor traverse cette rivière et entre dans ses états, au milieu des acclamations de joie de ses sujets.

СОДЕРЖАНІЕ.

Игорь, раздраженный на Половцовъ, которые опустошили набѣгами своими земли, ему принадлежащія, собираетъ войско и съ братіями своими Всеволодомъ и Володиміромъ, отправляется, дабы имъ отомстить.

Перваго Маія прибывъ къ берегамъ малаго Донца, сей Князь увидѣлъ все свое войско покрытое густымъ мракомъ, происходившимъ отъ солнечнаго затмѣнія, которое устрашило храбрѣйшихъ; но дабы ихъ ободрить, онъ представляется спокойнымъ, и повелѣваетъ всѣмъ тѣмъ, которыхъ устрашило сіе печальное предвѣщаніе, возвратиться назадъ: но ни одинъ не хотѣлъ его оставить.

Авторъ призываетъ Бояна.

Игорь достигаетъ Половцовъ и побѣждаетъ ихъ совершенно. Но на другой день, получивъ подкрѣпленіе, непріятель снова начинаетъ бой.

Авторъ оставляетъ поле брани, дабы сравнивать дѣла Князей, которые отличилися въ войнѣ, съ дѣлами Игоря.

Свѣтославъ и Володиміръ, союзники и родственники, Игоря взяты въ плѣнъ. Самъ онъ, послѣ упорнаго сопротивленія, раздѣляетъ ихъ участь и теряетъ все свое воинство.

Свѣтославъ, великіи Князь Кіевскій, оплакиваетъ потерю племянниковъ, и призываетъ на помощь Князей, своихъ современниковъ.

Ярославна, супруга Игоря, оплакиваетъ сего нещастнаго Князя, и возсылаетъ жалобы свои солнцу и Днѣпровскимъ волнамъ

Игорь, не взирая на неусыпность своихъ стражей, обманываетъ ихъ, и съ помощію человѣка, называемаго *Овлуръ* который ему приводитъ коня, онъ проѣзжаетъ Половецкую заставу и достигаетъ малаго Донца, который его поздравляетъ съ щастливымъ возвращеніемъ. Игорь переправляется чрезъ сію рѣку, и въѣзжаетъ въ свои области, сопровождаемыи радостными восклицаніями своихъ подданыхъ.

IGOR,

POÈME HÉROIQUE.

~~~~~~

Il est doux de chanter un héros malheureux,
Chantons du brave Igor l'effort infructueux ;
Mais que dans nos récits, simples et véridiques,
N'entrent point de Boyan les fictions antiques :
Quand ce barde voulait célébrer les héros.
Son esprit inspiré l'élevait sur les flots,
Le portait comme un aigle au-dessus des nuages,
Ou comme un faible oiseau parmi de verts bocages ;
Sa lyre, obéissante à ses flexibles doigts,
Des princes, d'elle-même, entonnait les exploits.

Aux dangers des combats excitant son courage,
Igor, d'un long repos fuit le mol esclavage ;
Il suit le noble élan que lui dicte l'honneur,
Et chez les Polovtsis va porter la terreur.
Il assemble aussitôt l'élite formidable
Qui, sur ses pas, s'ébranle en masse impénétrable.
~~~~~~

ИГОРЬ,

ГЕРОИЧЕСКАЯ ПѢСНЬ.

Намъ пріятно, братцы, воспѣть
Древнимъ слогомъ — слогомъ жалобнымъ
О походѣ славна Игоря,
Не веселую — печальную!
Мы начнемъ. . . . .
По былинамъ того времени,
Не по замысламъ Бояновымъ.
Намъ извѣстно, что Боянъ пѣвецъ,
Прославлять когда хотѣлъ кого,
То носился всюду мыслію:
По деревьямъ легкой птицею;
Чрезъ холмы будто сѣрой волкъ,
Какъ орелъ сизый подъ облаки. . . . .
И искусными перстами лишъ
Прикасался онъ къ живымъ струнамъ;
То сіи ужъ велерѣчиво
Княжей славу рокотали въ слухъ.

    Игорь умъ напрягши крѣпостью;
Поостривши сердце мужествомъ,
Грудь исполнивъ духа ратнаго,
Пошолъ съ своимъ храбрымъ воинствомъ
Для отмщенья Царства Русскаго
Въ Половецку землю чуждую.

Alors , vers le soleil élevant ses regards ,
Il le voit obscurci par de sombres brouillards ;
Et l'ombre avait couvert ses troupes effrayées.
Il montre un front serein et les croit rassurées :
Mais tout tremble , recule à l'augure fatal.
Il donne du départ et l'ordre et le signal.
« Frères et compagnons , fiers soutiens de mes armes ,
» Ne nous adonnons point à de fausses allarmes ;
» Partons. Celui de vous qui veut fuir les combats
» Peut , en ce même instant , retourner sur ses pas.
» Je ne crains point la mort : elle est pour moi trop belle
» Pour que je lui préfère une honte éternelle ;
» Je veux franchir le Don et puiser de son eau ,
» Ou trouver sur ses bords un glorieux tombeau. »

Des temps qui ne sont plus , chantre doux et sonore,
Boyan ! tel que l'oiseau qu'on entend dès l'aurore ,
Tu pourrais seul chanter de si nombreux exploits :
Voltigeant comme lui sous l'ombrage des bois ;
T'élevant en esprit où naissent les orages ;
Comparant nos héros à ceux des premiers âges ,
Et , suivi de Troyan franchissant les vallons.

Est-ce un vent furieux qui , descendant des monts ,
Entraîne cette nue épaisse et ténébreuse ?
Non ; c'est des noirs Choucas la troupe impétueuse

Онъ возрѣвъ на солнце красное
И увидѣвъ въ немъ затмѣніе,
Мракъ покрывшій его воинство,
Говорилъ къ своей дружинѣ такъ:
« О вы братья и друзья мои !
» Лучше быть намъ всѣмъ изрубленнымъ,
» Чѣмъ достаться въ Половецкій плѣнъ.
» Мы возсядемъ на борзыхъ коней,
» И поѣдемъ — посмотрѣть на Донъ.
» . . .   Хочу Россіяне
» Отмстить съ вами врагамъ моимъ;
» Преломить копье булатное
» Тамъ — средь поля Половецкаго.
» Я хочу иль умереть въ бою,
» Иль шлемомъ развѣвавшимся
» Испить изъ Дона воды достать. »

    О Боянъ ! пѣвецъ протекшихъ лѣтъ !
Надлежало бы тебѣ воспѣть
О сихъ подвигахъ Геройскихъ намъ,
Соловьемъ скача по дереву,
А умомъ паря подъ облаки,
Славу древнюю сличаючи
Съ похвалою временъ нынѣшнихъ,
Мчась во слѣдъ стопамъ Трояновымъ,
Чрезъ долы, поля, на горы,
Пѣснь тебѣ бы воспѣть Игорю
Внуку славному Олегову. . . .

    Ахъ ! не бурей занесенъ соколъ
За поля, лѣса широкія !
Лѣтятъ галки стадомъ надъ Дономъ.

Qui plane vers les bords du Tanaïs ému.
Chante, fils de Veless ! le tems en est venu.

Kiow, Novogorod, ont invoqué la gloire ;
Putivl déploie aux vents le drapeau de victoire,
Et du grand Svetoslaw le fils impatient
N'attend que Vsevolod pour aller plus avant.
« Il arrive et lui dit : « Igor, frère que j'aime,
» Compte sur Vsévolod autant que sur toi-même.
» Selle tes noirs coursiers, viens à Kursk où les miens
» Rongent d'impatience et leurs mors et leurs freins.
» Mes soldats à te suivre avec ardeur s'apprêtent ;
» A l'aspect du danger jamais ils ne s'arrêtent.
» Elevés sous le casque, ils ont dès leurs berceaux
» Appris à supporter la guerre et ses travaux.
» Le combat fut leurs jeux ; et dans la nuit paisible
» La trompette endormait leur courage invincible.
» Leurs armes sont, le sabre et le rapide dard
» Que toujours vers son but ils lancent avec art ;
» Et comme on voit des loups la troupe rugissante.
» Errer parmi les bois et porter l'épouvante,
» Tels, parcourant les lieux que tu vas conquérir,
» Ils guideront nos pas pour vaincre ou pour mourir. »

Sur ses étriers d'or alors Igor s'élance ;
Il part, et loin de lui laisse une plaine immense ;
Mais l'ombre, qui des cieux embrasse le contour,
L'arrête en succédant à la clarté du jour.

О Боянъ, Велесовъ мудрый внукъ,
Ты бы долженъ всё воспѣшь сіе!

   Слышно кони ржутъ за Сулою,
Громко слава гремитъ въ Кіевѣ,
Трубятъ трубы въ Новѣгородѣ
И въ Путивлѣ знамена вѣютъ.
Игорь брата дожидается,
Брата милаго Всеволода.
Богатырь вдругъ появляется
И вѣщаетъ тако къ Игорю:
» О ты, Игорь, братъ любезный мой!
» Ты одинъ мнѣ милъ, какъ солнца свѣтъ,
» И мы дѣти Святославовы!
» Ты сѣдлай своихъ борзыхъ коней,
» А мои у Курска ждутъ тебя;
» Войска всѣ мои въ готовности,
» Въ цѣль стрѣляютъ Курчане знающи,
» Повиты они подъ звукомъ трубъ,
» Подъ шлемами возлелѣнны
» И концомъ копья воскормлены;
» Всѣ уже пути имъ вѣдомы,
» Они въ полѣ скачутъ дерзостно
» Уподобясь волку сѣрому,
» Ища чести себѣ на полѣ,
» А мнѣ— Князю славы громкія. »
   Ободрился тогда Игорь Князь,
Вступилъ въ стремя позолочено,
И поѣхалъ по чисту полю;
Но нещастія вездѣ за нимъ....
Солнце вдругъ своимъ затмѣніемъ
Преграждаетъ ему къ славѣ путь.

Des vapeurs que les vents, tout à coup, amoncèlent
Lancent les longs éclairs que leurs antres recèlent ;
Le tonnerre en éclats gronde au sommet des monts,
Les troupeaux effrayés quittent les verts gazons ;
L'oiseau timide fuit sous l'abri du feuillage,
Et d'affreux hurlements répondent à l'orage.

De la cime d'un arbre aussi vieux que le tems
Le hibou fait ouïr ses longs gémissemens :
Ils atteignent les lieux où coule la Surage,
Le Volga sinueux en sent frémir sa plage ;
Ils troublent la Sula, Korsum a retenti,
Et toi, Tmoutarakan, tes murs en ont mugi.

Déjà des Polovtsis la cohorte est en fuite :
Vers le Don en désordre elle se précipite.
L'oreille, au bruit aigu des chariots pésans,
Croit ouïr des corbeaux les durs croassemens ;
Et vers le Don, lui-même, Igor porte ses armes.

De sinistres oiseaux précurseurs des alarmes
Par de vastes circuits obscurcissent les airs ;
Une funèbre voix gémit dans les déserts.
L'aigle, au haut des rochers, dépéçant ses victimes,
Remplit de cris perçans leurs caverneuses cimes.
Le loup cherche effrayé son antre souterrain,
Et l'aspect éclatant des boucliers d'airain
Met en fuite un troupeau des renards de la plaine.

O Russes ! loin de vous est déjà Chélomène.

Поднялася буря грозная,
Пробудила птиц на гнѣздахъ ихъ;
Собралися звѣри въ сонмища
Въ темныхъ рощахъ — заревѣли вдругъ,
Пробужденны ими филины
Закричали на вершинахъ древъ,
Чтобы голосъ ихъ услышали
Во землѣ Князья незнаемой.
И по Волгѣ, ахъ! и по морю,
И по Сулѣ, и по Суражу,
Во Корсунѣ, въ Фанагоріи
Вездѣ голосъ ихъ разносится!

Половцы бѣгутъ, какъ бѣшены,
По дорогамъ имъ незнаемымъ
Къ Дону синему, великому.
Скрыпятъ возы въ полночи,
Будто лебеди скликаяся:
Игорь войска ведетъ ко Дону.
Вѣщи птицы встрепенулися,
Закричали томно — жалобно,
Предвѣщая ему горести;
Воютъ волки въ темнотѣ лѣсной,
На сердце наводятъ пущій страхъ,
А орлы сзываютъ всѣхъ звѣрей
На тѣла окровавленныя,
А лисицы лаютъ въ ужасѣ
На щиты глядя багряные.

О вы люди, люди Русскіе!
Далеко за Шеломенемъ вы!

La nuit succède au jour ; l'ombre couvre les cieux
Et la terre et les eaux d'un voile ténébreux.
Le rossignol se tait , et , seuls dans la nature ,
Les choucas font entendre un sépulcral murmure.
Tel qu'un mobile mur , Igor et ses soldats ,
S'avancent , respirant la gloire et les combats.

L'aurore avec le jour amena le carnage :
Les Polovtsis , vaincus et frémissant de rage ,
Ont fui , laissant en proie au vainqueur effréné
Les armes , les trésors d'un camp abandonné ;
Et pour prix des hauts-faits de sa lutte première
Igor reçut la toupe et la blanche bannière.
Cependant son armée , au pied de longs coteaux ,
Jouit de sa victoire et d'un libre repos ;
Tandis que , vers le Don cherchant une retraite ,
Gzag fuit avec Konchag et maudit sa défaite.

Le lendemain le jour , chassant l'obscurité ,
Parut être couvert d'un voile ensanglanté :
Des nuages épais venus des mers lointaines
Embrassaient de leur ombre et les bois et les plaines ;
Le tonnerre éclatant dans leur sein orageux ,
Allait frapper des monts les sommets sourcilleux ;
Bientôt en doit tomber une pluie homicide ;
Alors sur la Kayale et sur le Don rapide
Les traits rejailliront des casques ennemis ,
Et couvriront leurs eaux de sang et de débris.

O Russes ! loin de vous est déjà Chélomène ,
Alors abandonnant des mers l'immense arène ,

Покровъ ночи разстилается,
Гаснетъ свѣтъ зари на Западѣ;
Говоръ галокъ начинается,
Соловьина умолкаетъ пѣснь.
Преграждаютъ путь Россіяне
Половцамъ щитами на полѣ,
Ища чести себѣ въ храбрости,
А Князьямъ славы звучащія.

На зарѣ, по утру, въ Пятницу
Поразили они Половцовъ,
Увозили красныхъ дѣвушекъ
Половецкихъ въ землю Русскую:
Съ ними золото и серебро,
И богаты ткани, бархаты.
Хоругвь бѣлая досталася
Съ деревкомъ, чёлкой серебренной
Князю Игорю отважному.

На другой день — рано — до свѣта
Просыпаются и видятъ вдругъ
Зарю на небѣ кровавую.
Тучи съ моря подымаются;
Изъ тучь молнія струей течетъ;
Знать быть грому — грому страшному,
Литься знать дождю проливному,
Видно копьямъ поломаться тутъ
Объ мечи, шлемы Полоцкіе,
На рѣкѣ быстрой на Каялѣ,
На брегу у Дона синяго.

О вы люди, люди Русскіе!
Далеко за Шеломенемъ вы!

Les enfans de Stribog , sur les troupes d'Igor ,
Portent avec les dards le désordre et la mort.
Sur les pas des guerriers gémit au loin la terre ;
L'eau des fleuves se trouble , et des monts de poussière
Ont dérobé l'armée ; et les drapeaux flottants
Murmurent , agités par d'impétueux vents.
L'ennemi vient du Don , des bords de la Kayale ;
Igor le voit , s'arrête ; et la ligue infernale ,
Poussant des cris affreux pour signal du combat ,
Dans les rangs polovtsiens se disperse et s'abat.

O brave Vsévolod ! en nuages de grêle
Tu fais pleuvoir les traits sur l'armée infidèle ;
Où resplendit l'acier de ton glaive éclatant
Tout trouve le trépas , ou l'évite en fuyant.
Ce prince , ô mes amis ! pour braver les alarmes ,
Oublie et Tchernigoff et son trône et ses charmes ,
Les douceurs du repos et le riant séjour ,
Où , près de Glebovna , son cœur goutait l'amour.

Les tems d'Iroslaw , ces tems heureux de gloire ,
N'existent plus , hélas ! que dans notre mémoire ;
De même , Oleg n'est plus : ce terrible guerrier
Ne rougit plus de sang son glaive meurtrier ;
Lui , qui , suivi jadis de sa garde sacrée ,
Fit dans Tmoutarakan sa glorieuse entrée.

Уже вѣтры , внуки Стрибога ,
Несутъ съ моря стрѣлы пагубны
На народы храбры Русскіе.
Топотъ конскій умножается,
Пыль столбами подымается ,
Возмутилась вода въ Каялѣ ,
Знамена шумятъ какъ блѣдный листъ.
Ужь идутъ Половцы отъ Дона ,
И отъ моря , и со всѣхъ сторонъ.
Войско Русское содроглося ,
Отступило назадъ нѣсколько :
Дѣти бѣсовы свой оградили
Станъ крикомъ, Россіяне щитами.

     О Богатырь Всеволодъ ! ты градомъ
На враговъ своихъ стрѣлы пускаешъ ;
Гдѣ ты, Богатырь , ни появишся ,
Блистая своимъ золотымъ мечемъ ,
Тамъ лежатъ головы нечестивыхъ.
Забываешъ ты веселу жизнь ,
И Черниговъ городъ славимый,
Золотой престолъ отеческій ,
Всѣ забавы — всѣ веселости ,
Откровенность и привѣтливость
Отъ супруги милой Глѣбовны !

     Прошли лѣта Ярославовы ,
Миновалась брань Олегова.
Сей Олегъ часть мечемъ своимъ
Намъ ковалъ крамолу страшную,
Ступалъ вь стремя позолочено
Въ своемъ городѣ Тмутаракань.

Ce fut alors qu'assis sur un caparaçon ,
Boris au jeune Oleg implora son pardon.

Des bords de la Kayale aux champs de Kiovie ,
Svétopolk , traversant les troupes de Hongrie ,
Ramena les soldats de son père étonné.

Faut-il dépeindre , amis , ce siècle infortuné ,
Quand on vit , sous Oleg , la discorde sanglante
Bientôt lever un front d'horreur et d'épouvante ;
Quand les princes , entr'eux se disputant leurs droits ,
Des enfans de Dajd Bog interrompaient la voix ?
Succédant , tout à coup , aux chants de l'allégresse ,
De tous les yeux coulaient les pleurs de la tristesse ;
Et le cri du hibou quittant ses noirs réduits ,
Se faisait seul entendre au sein des longues nuits.

De nos braves aïeux telles furent les guerres.
Mais aucun des combats livrés par eux naguères
Ne peut se comparer à celui qu'à présent
Igor a soutenu depuis le jour naissant.
L'aurore , par deux fois éclairant ce rivage ,
Y vit se ranimer l'impitoyable rage ;
Pendant deux jours les airs , par les traits obscurcis ,
Des guerriers acharnés répétèrent les cris ;
Et la pâle terreur , du désespoir suivie ,
Vint répandre le deuil sur toute la Russie.

И тогда Борисъ Вячеславичь
На коверъ конскій положенъ былъ . . . .
За обиду Князу Олегу.

    Святополкъ же съ рѣки Каялы
Храбры велъ полки отцовскіе,
Сквозь Венгерску страшну конницу
Въ городъ Кіевъ — къ Святой Софіи.

    При Олегѣ Гориславичѣ
Межъ народомъ вражды сѣялись,
Возрастали междусобія,
Была гибель, — гибель страшная
Для народовъ тогда Кіевскихъ
Храбрымъ внучатамъ Даждь — божевымъ:
Между тѣмъ, какъ Князья ссорились,
Въ ссорахъ жизнь ихъ прекращалася.
Тогда рѣдко раздавалося
На поляхъ Русскихъ веселіе.
Земледѣлецъ плугъ оставилъ свой,
И на мѣсто кликовъ радостныхъ
Слышны были во время ночи
Долгія стенанія совы.

    Такъ бывало въ брани прежнія
Отъ тогдашнихъ храбрыхъ, мочныхъ войскъ.
Но не слыхано сраженія,
Чтобъ съ утра до темна вечера,
До бѣла утра отъ вечера
Продолжалась брань кровавая;
Чтобъ летали калены стрѣлы,
Земля костьми посѣялась,
И въ Русской землѣ бѣда возрастала.

Mais quel est donc ce bruit, cette éclatante voix,
Qui, précédant l'aurore, émeut l'onde et les bois ?
Vsevolod disparaît, l'infidèle l'entraîne ;
Igor pour le sauver forme une attaque vaine :
Lui-même après deux jours d'efforts et de revers
Ne vit plus ses drapeaux s'agiter dans les airs ;
Et la Kayale alors de cadavres remplie
Vit l'adieu des héros ravis à leur patrie.

Tout partage et ressent la commune douleur ;
Les plaines ont perdu leur aimable fraîcheur ;
Des arbres jaunissans les cimes sont penchées,
Les fleurs ne lèvent plus leurs tiges desséchées ;
Tout gémit : un désert a, dans ses régions,
Vu combattre et tomber nos braves légions.
La Discorde revient, et ses ailes s'étendent
Sur le Don et la mer, d'où soudain se répandent
Les maux qu'elle produit. Les étrangers alors
Pour nous assujettir augmentent leurs efforts ;
Et les princes, entr'eux nourrissant leurs querelles,
Ne peuvent soutenir le choc des infidèles.

« O malheureux Igor ! pareil à cet oiseau
» Qui, planant dans les airs, cherche au loin un troupeau,

Что за шумъ слышенъ въ полуночи
До восхода зари утренней ?
Игорь двинулся съ полками въ путь :
Брата жаль ему Всеволода,
Невѣрными увлеченнаго.
Брань кровава начинаетъ ся
Бились цѣлой день до вечера,
На другой день еще болѣе,
А на третій день — нещастный день !
Знамена пали у Игоря : —
Тутъ - то братья разлучилися
На брегу ꙋ быстрой Каялы.

Пожелтѣла трава съ жалости,
Наклонились древа съ горести !
Нѣтъ веселія ! — нѣтъ радости !
Пали въ полѣ силы многія,
Уступивши наглой храбрости !
Возникаетъ горесть лютая
И вступаетъ въ землю Русскую,
А за ней бѣды съ печалями.

Перестали Князья сориться
Съ порубежными народами ;
Воспылалъ межъ ними брани огнь.
Между тѣмъ народъ сосѣдственный,
Дышущій единой злобою,
Ото всѣхъ сторонъ стекается
Къ одоленью Царства Русскаго.

» О ! далеко залетѣлъ соколъ ,
« Побивая злыхъ птицъ у моря !

» Et dont le cœur jouit à l'aspect des alarmes ,
» Tu portas trop avant ta valeur et tes armes. »

Les épouses , alors en proie à la tristesse ,
Rappelaient en ces mots l'objet de leur tendresse :
« Chers époux ! revenez aimer et secourir
» Celles que des brigands feront bientôt mourir !
» Mais nous n'entendrons plus vos voix enchanteresses;
» Désormais , sur nos seins brûlant de vos caresses ,
» Nous ne vous verrons plus appeler le sommeil,
» Et sourire à nos feux au moment du réveil.
» Notre or nous est ravi... mais que fait l'opulence
» A des cœurs qu'a flétris votre cruelle absence ?
» La richesse peut plaire alors que les soupirs
» Ne viennent point troubler l'amour et ses plaisirs ;
» Mais privé des plaisirs et de ceux que l'on aime
» La richesse d'un roi ne plaît pas elle-même.

» Du sort sur nous quel crime attira le courroux ?
» Nous avons tout perdu... nos biens et nos époux.
» Où sont-ils maintenant?... les champs des infidèles
» Ont sans doute englouti leurs dépouilles mortelles....
» O terre ! reçois-nous dans ton humide sein,
» Plutôt que d'exister sous un joug inhumain ! »

Tandis que dans Kiow tout exhalait la plainte ,
Que Tchernigoff tremblant succombait à la crainte ,

Воскрикнули и Карня и Жля,
И прибывши въ землю Русскую,
Народъ Русскій томить начали
То огнемъ — всё пожирающимъ,
То мечемъ — всё посѣкающимъ.

Зарыдали жены Русскія,
Такъ вѣщая въ своей горести:
« Не видать намъ сердцу милыхъ ужъ,
» Не слыхать ихъ сладка голоса,
» Не прижать къ груди пылающей,
» И въ объятіяхъ супружескихъ
» Не лелѣять и — не нѣжить ихъ,
» Не видать намъ злата, серебра,
» Навсегда уже отнятаго! —
» На что злато, — на что серебро?
» Коли грудь тѣснится вздохами;
» Что безъ милыхъ въ этой пышности? —
» Злато служитъ украшеніемъ,
» Когда сердце цвѣтетъ въ радости,
» Когда всё предметъ веселія; —
» Но безъ милыхъ — и безъ радости,
» Пышность Царская не радуетъ!
» Увы! всѣмъ мы — всѣмъ ограблены.
« Гдѣ сокровища — и гдѣ супруги?
» Гдѣ? — средь поля Половецкаго! . . .
» О! пріими насъ, мать сыра земля,
» Лучше ты въ свои объятія;
» Чѣмъ подъ властію быть Половцовъ. — »

Воствѣнали стѣны Кіева
Отъ печали и отъ горести,
Отъ напасти во Черниговѣ.

Les princes , oubliant leurs propres intérêts ,
Par leurs divisions épuisaient leurs sujets ;
Les Barbares , régnant sur la faible Russie ,
Exerçaient à loisir leur lâche tyrannie :
D'Igor , de Vsévolod exécrables vainqueurs ,
Leur rage ne mit plus de borne à ses fureurs ;
A ces fureurs , hélas ! que Svétoslaw leur père
Méprisait autrefois et forçait à se taire ,
Et dont le nom , terrible à leurs champs dévastés ,
Glaçait alors d'effroi leurs cœurs épouvantés ,
Qui , tel que de l'autan l'impétueuse haleine
De la cime d'un mont déracine un haut chêne ,
Ayant atteint Kobiak dans les rangs polovtsiens ,
L'avait saisi , porté dans les murs kievlains.
C'est là que , les Germains , les Grecs et les Moraves
Célèbrent les exploits du prince et de ses braves ;
Tandis qu'en accusant Igor de ses malheurs ,
Les Russes à leurs chants répondent par des pleurs.

Kiow , s'abandonnant aux maux qu'elle partage ,
N'offre plus des plaisirs la séduisante image :
La douleur au teint pâle errante sur ses murs
Y glace tous les cœurs par ses regards obscurs ;
Et Svétoslaw , lui-même , en ce tems déplorable
Eut pour surcroît de peine un songe épouvantable :

Враждовали межъ собой Князья,
А враги тѣмъ любовалися,
И повсюду съ злобой рыскали,
Всё губили — и всё грабили;
Налагали дани тяжкія
На дворы народа Русскаго.
Кто виновникъ всѣхъ напастей сихъ?
Кто? — ахъ! оба Святославичи!
Ахъ! Всеволодъ съ братомъ Игоремъ:
Имъ ковать крамолу вздумалось,
Ту крамолу, что Князь Кіевскій,
Святославъ Великій, мирный Князь
Прекратилъ давно въ землѣ своей!
Онъ былъ страшенъ всѣмъ врагамъ своимъ.
Онъ вступилъ въ землю Полоцкую,
Притопталъ холмы и горы тамъ,
Быстру воду помутилъ въ ручьяхъ,
И Кобяка нечестиваго
Онъ оторгнулъ отъ среды полковъ;
И Кобякъ, воинъ пронырливый,
Очутился въ градѣ Кіевѣ
Во дворцѣ Святославовомъ.
А тамъ Нѣмцы, Венеціяне,
Съ Греками, съ Моравцами
Воспѣвая славу Русскую,
Охуждаютъ Князя Игоря.

Уныли тогда городскія стѣны
И помрачилося веселіе.
Святославу сонь привидѣлся,
Сонь недоброй, — сонь предвѣстникъ бѣдъ!

« Sur les monts de Kiow transporté cette nuit ,
» Dit-il à ses boyars, je crus être en mon lit ,
» Où , recevant de vous une boisson fétide ,
« J'y crus voir du poison la couleur homicide.
» Contemplant mon palais , il me semblait encor
» Voir son dôme privé de ses couvercles d'or ;
» Et , tant qu'en mon esprit restèrent ces images ,
» J'entendis les corbeaux , dont les accents sauvages
» Faisaient retentir Plinsk , Kissan et le vallon
» Qui , près de cette ville en a reçu le nom. »

Que nos ames déjà par la douleur atteintes ,
Répondent les boyars , avaient de justes craintes !
Ce songe qu'aujourd'hui vous offrit le sommeil,
Le cri de ces corbeaux , le funèbre appareil
De ce lit où la mort paraissait vous attendre ,
Ce vin empoisonné que l'on vous faisait prendre ,
Vos palais découverts ; tous ces signes, seigneur ,
Annoncent à présent le plus affreux malheur ;
Ils annoncent , hélas ! que pour une autre terre ,
Deux faucons ont quitté le trône de leur père ;
Qu'allant sous leur pouvoir ranger Tmoutarakan ,
Ils sont chargés de fers aux domaines du Kan.

Deux fois le jour encor brilla sur la nature ,
Quand le soleil , couvert d'une vapeur obscure ,
Disparut et , soudain , deux astres avec lui ,
Enfans de Svétoslaw , sa gloire et son appui.

« На горахъ будто бы Кіевскихъ
» Я одѣтъ былъ въ черну мантію ,
» На кровати лежа тесаной. —
» Будто пилъ вино я смѣшано
» Съ ядомъ вреднымъ , съ ядомъ пагубнымъ ;
» На высокомъ будто теремѣ
» Доски всѣ безъ переклатины.
« Во всю ночь , будто бы съ вечера ,
» До зари ясной — до утренней ,
» На валахъ въ дебри Кисановой
» Враны каркали усѣвшися ,
» И полетъ свой не направили
« Къ морю синему , великому. «

    Такъ онъ сонъ свой пересказывалъ
И дружинѣ и боярамъ всѣмъ ;
Отвѣчали ему на ето
И дружина и бояра всѣ :
« Одолѣли умъ нашъ горести ,
» Сонъ сей значитъ, ахъ ! не радости:
» Что слетѣли два вдругъ сокола
» Со Престола родительскаго
» Доставать въ свое владѣніе
» Города Тьмутараканскіе ,
» Что они сами попалися
» Во желѣзныя опутины. «

    Темно стало вдругъ на третій день ,
Солнце тучами покрылося ,
Багряные столпы погасли
А съ ними Олегъ и Святославъ.

La nuit d'un voile épais couvrit l'onde et la terre,
Et, tels que des lions sortis de leur repaire,
Les Polovtsis, guidés par leur kan inhumain,
Vinrent sur la Russie élire un souverain;
C'est alors que, le crime accablant l'innocence,
De l'odieux hibou ramena la présence;
Que des bords de la mer les échos éclatans
Des filles de Gothie entendirent les chants;
Que, faisant sonner l'or, fruit de la violence,
Elles célébraient Buss, Chourakan, sa vengeance.

Alors, en soupirant et répandant des pleurs,
Svétoslaw, en ces mots, exhale ses douleurs:
« O princes de mon sang, jeunes guerriers que j'aime!
» A quoi vous a réduit votre imprudence extrême?
» Trop tôt, d'un vain espoir, vos cœurs enorgueillis,
» Entraînèrent vos pas contre les Polovtsis:
» Injustement versé, le sang des infidèles
» Couvrira pour toujours vos têtes criminelles,
» Et vengera l'affront que sur mes derniers ans
» Je devais recevoir de mes plus chers enfans.
» Ah! je ne verrai plus dans nos champs réunies
» De mon frère Iaroslaw les troupes aguerries;
» Il n'est plus de Chelbir, d'Albers ni de Tathran,
» Ces guerriers dont le nom faisait trembler le kan;

Половцы всюду разсыпались
По землѣ Руской съ погибелью,
Лютымъ львамъ уподобившись,
Изъ пещеръ глубокихъ вышедшимъ;
Погрузили въ безднѣ синихъ водъ
Силу Русскую — и придали
Хану буйство ихъ великое;
И насиліе — какъ аспидъ злый
Ухищрялось противъ вольности.
Уже филинъ, вѣщій горестей
Опустился съ древа на землю. —
Раздаются пѣсни громкія,
Звучитъ эхо по морскимъ брегамъ,
Поютъ Готфски красны дѣвицы
Звеня Рускимъ сребромъ, золотомъ,
Времена вспѣвая Бусовы,
Славя мщенье Сураканово.

Святославъ тогда великій Князь
Золотое слово вымолвилъ,
Со слезою горькой смѣшанно:
« О вы дѣти мои кровные!
« Милый Игорь! — милый Всеволодъ!
» Рано начали вы ссориться
» Съ Половцами — и оружіе
» Противъ нихъ вы рано подняли;
» Искать славы рано начали:
» Нечестиво вами на полѣ
» Пролита кровь непріятельска.
» Сердца ваши — сердца храбрыя

» Les Mogouth, les Topchak, ces boïards intrépides
» Ne viendront point sécher mes paupières humides ;
» Armés d'un seul poignard éclatant dans leurs mains,
» Ils savaient se frayer les plus larges chemins ;
» Les noms de leurs aïeux, consacrés par la gloire,
» Précipitaient leurs pas aux champs de la victoire ;
» Et, grands assez pour fuir un éloge flatteur,
» Ils ne refusaient point aux autres cet honneur.
» Mais les tems sont changés, hélas ! et dans ma peine
» Autour de moi je jette une vue incertaine,
» Et ne puis voir de prince auquel j'aurais recours,
» Qui pût dans mes besoins me prêter son secours. »

Urim, poussant des cris, fuit en vain la tempête
Des glaives ennemis suspendus sur sa tête ;
Et sous leurs coups mortels Vladimir succombant
A fait entendre un faible et long gémissement.

O Vsévolod ! la voix de tes aïeux t'appelle ;
Viens être le soutien d'un trône qui chancelle ;

» Изъ булата тверда скованы,
» Въ буйствѣ пагубномъ закалены...
» Ожидалъ ли я сего отъ васъ,
» При моей маститой старости !
» Ужь не видно власти сильнаго,
» Многовойнаго, богатаго ,
» Ярослава , моего брата,
» Со боярами, съ Могутами,
» Съ Татранами и Шельбирами ,
» Съ Топчаками и Ревугами,
» И съ могучими Ольбирами.
» Безъ щитовъ они съ кинжалами
» Другихъ крикомъ побѣждаютъ лишь ,
» Гремя славой своихъ прадѣдовъ. —
» Не вѣщаютъ они въ гордости :
» Мы-де сами предстоящіе
» Предвосхитимъ у другихъ вѣнки ,
» Полученными подѣлимся.
» ... Увы! лишь мнѣ бѣда,
» Что Князья мнѣ не въ пособіе :
« Переиначило время всё ! —

Чу ! — Уримъ кричитъ подъ саблями,
Подъ мечами Половецкими ,
И Владиміръ — ахъ! подъ ранами.

О Всеволодъ ! Князь — Великій Князь !
Почто медлишъ ты прибыть сюда ,
Для защиты Царства Русскаго ? —

Tes phalanges du Don pourraient tarir les flots
Et couvrir le Volga sur tes nombreux canots ;
Viens donc ; Tchag et Kaschey, fuyant à ta présence,
Reconnaîtraient bientôt qu'elle est leur impuissance,
Et de tes chéréchirs le mobile ressort ,
Dans leurs rangs dispersés ferait voler la mort.

David et toi , Rurik ! est-ce vous qui, naguères,
Rougissiez dans le sang vos larges cimetères
Et l'or étincelant de vos casques épais ;
Qui, pareils au taureau qu'on a percé de traits ,
Et qui répand l'effroi, la mort sur son passage,
Subjuguiez les états par votre seul courage ?
Montez, princes, montez vos superbes coursiers,
Tirez de leurs fourreaux vos glaives meurtriers ,
Et sachant qu'il n'est rien qu'un grand cœur ne surmonte,
Venez venger d'Igor la défaite et la honte.

Et toi, fier Osmomisl ! autrefois tes soldats
Sur les monts de Hongrie affrontaient le trépas;
Le roi fut ton captif, ses droits ton apanage;
Le Danube soumis te livra son rivage,
Et les Solnans lointains fléchissent sous tes loix ;
Prince ! viens donc chercher de plus brillans exploits ,
Viens employer ton bras contre la tyrannie ,
Punir l'altier Konchak et venger la Russie.

И престола паче отчаго? —
Разбрызгать ты можеш веслами
Волгу — и шлемами вычерпать.
О, когдаб ты находился здѣсь!
Тобъ Тшагъ и Кощей усмирилися.
Ты можешь и на сухомъ пути
Стрѣлять съ пользой шереширами
Чрезъ сыновъ удалыхъ Глѣбовыхъ.

   О ты храбрый Давыдъ съ Рюрикомъ!
Въ крови алой шлемы плавали? —
И не вашиль храбры воины
Стонутъ въ полѣ бывъ израненьı? —

   Государи, вамъ ступить пора
Во златые стремена свои,
За обиду сего времени,
За нещастну землю Русскую,
И за раны Князя Игоря.

   Ярославъ, Князь Галицкій!
Горы подперъ ты Венгерскія
Мочной силою полковъ своихъ;
Заградивши Королевскій путь,
Затворилъ къ рѣкѣ Дунаю ходъ.
Ты съ престола мечешъ тучи стрѣлъ
На Салтановъ — въ земли дальныя,
Такъ! мечи ихъ еще болѣе
Въ кончака за землю Русскую
И за раны Князя Игоря! —

Vous, Mstislaff et Roman ! semblables au choucas
Qui sur les vents s'élève et cherche les combats,
De même, exécutant vos projets de conquête,
D'un immense pouvoir vous atteignez le faîte :
La terre des Javaks, des Lithuaniens,
Celle des Polovtsis et des Déressiéliens,
Se courbant sous les coups de vos glaives terribles
Ont depuis respecté des guerriers invincibles ;
Le poids de votre armure a fait trembler les lieux
Où le kan imposait son joug impérieux ;
Mais Igor ne voit plus l'éclat de la lumière.
Des arbres sont tombés, souillant dans la poussière
Leur verdure pàlie; et tout semble frémir,
Présageant les malheurs d'un funeste avenir.

Les flots de la Sula, fuyant ceux de la Rase,
Ne baignent plus des champs que la discorde embrase ;
Et d'Igor dans les fers les braves ne sont plus.

Accours prince ! du Don les bords se sont émus;
Ils t'appellent : d'Olga les fils sont dans l'arène,
Viens : toujours avec eux la victoire est certaine.

О вы ! храбрые Мстиславъ, Романъ !
Часто мысль ваша внушаетъ вамъ
Героическіе подвиги.
Вы отважно возвышаетесь
Въ предпріятіяхъ своихъ – какъ соколы
Быстро по вѣтру несомые
За предвидимой добычею :
Ваши сабли — адамантовы ;
Отъ нихъ земли тряслись многія
И дрожали страны Ханскія. —
Деремела, Литва, Половцы
Щиты, копья, всё повергнувши
Передъ вашими Знаменами ,
Подклонили свои головы
Подъ булатные мечи ваши !

Но увы! для Князя Игоря
Солнца свѣтъ совсѣмъ померкъ уже ,
Не съ добра листъ облетѣлъ съ деревъ !
По рѣкѣ Росси и по Сулѣ
Города, поля въ раздѣлъ пошли,
Всё къ бѣдамъ, къ напастямъ клонится !
Не воскреснуть уже воинству
Князя Игоря, побитому
Половцами въ боевомъ полѣ !

О Князь Игорь ! — какъ ты жалокъ намъ !
Съ распростертыми Донъ дланями
Тебя кличетъ — дожидается ,

Ingare, Vsévolod, et vous, jeunes héros,
Mstislavs ! vous qui goûtez un indigne repos,
Et laissez dans la poudre à jamais avilies
Des armes autrefois aux Polonais ravies :
Reprenez-les ces fers, ces pesants boucliers,
Et vengez la Russie, Igor et ses guerriers.

Déjà la Sula fuit : ses rives vagabondes
Privent Péréaslaw du tribut de leurs ondes,
Et la triste Dvina chez les fiers Polovtsis
Etend un lit fangeux objet de leurs mépris.

Le fils de Vassilkow dans la Lithuanie
Effaça seul l'affront de cette ignominie,
Quand, couvrant le Nemig d'ennemis terrassés
Il égalait Vseslaw dans ses exploits passés ;
Quand le fleuve, arrêtant ses ondes fugitives,
Revomissait les morts sur l'émail de ses rives.
Mais quel est donc celui qui pourrait mettre un frein
Aux fureurs des lions nourris de sang humain ?
Le nectar est pour eux ... une coupe sanglante,
Et l'odeur de la mort ... une fleur odorante.
Isiaslaw est tombé sous leurs glaives tranchants,
Et des Lithuaniens son corps couvrit les champs ;
Sur sa couche mortelle, éloigné des ses frères,
Sa voix laissa tomber ces paroles dernières :

Князья   храбрые Олговичи
Поспѣшили на сраженіе;
Ингваръ смѣлый со Всеволодомъ,
И всѣ трое Мстиславичи
Не побѣдами ли власть себѣ
Надъ другими вы присвоили?
Къ чемужъ шлемы золотые вамъ,
Со щитами копья Польскія?
Заступитесь за народъ Русскій
И за раны Князя Игоря!

   Уже Сула къ Переяславлю
Не течетъ струей сребристою,
Разсыпаясь крупнымъ жемчугомъ.
Ужъ Двина течетъ болотами
Къ Половчанамъ, нечестивцамъ симъ,
Оглашаема ихъ криками. —
Изяславъ только Васильковъ внукъ
Позвенѣлъ одинъ мечемъ своимъ
По шлемамъ Литовцовъ буйственныхъ.
Но что дерзкихъ усмирить можетъ,
Людской кровію воспитанныхъ?
Что? — когда и саму смерть
Чтутъ единою бездѣлкою? —
Сердце ихъ — есть сердце львиное,
Кровъ людей — имъ нектаръ сладостный —
Трупы — снѣдь для нихъ пріятная;
Изяславъ сталъ ихъ добычею; —
Отъ Литовскихъ онъ погибъ мечей!
Такъ въ крови нещастной плавая,
Произнесъ слова послѣднія
Неслышимыя отъ братіевъ его:

» Prince ! tous tes guerriers ont trouvé leurs tombeaux
» Dans les avides flancs des voraces oiseaux. »

Vseslaw régnait jadis en juge souverain ;
Les princes recevaient leur pouvoir de sa main ;
Et, sitôt que la nuit, embrassant l'hémisphère,
De son propice voile enveloppait la terre,
Il se précipitait dans Kursk, Tmoutarakan,
Comme un loup altéré qui va chercher du sang;
Mais, malgré son esprit, sa valeur, sa puissance,
Du bonheur de ce monde il connut l'inconstance,
Et c'est pour ses pareils que fut fait ce refrein :
« Contre l'arrêt de Dieu la ruse ne peut rien. »

Tu frémis, ô Russie ! alors qu'à ta mémoire
Viennent se retracer les beaux jours de ta gloire,
Et qu'après ce tableau de tes prospérités,
Tu vois l'excès présent de tes calamités?

Ainsi que la colombe en sa peine mortelle
Demande aux champs, aux bois sa compagne fidèle,
De même, Ieroslavna que le repos a fui,
Fait entendre sa voix et le jour et la nuit :
« J'irai puiser, dit-elle, une onde douce et pure
» Aux lieux où la Kayale arrose la verdure
» Et j'en humecterai les blessures d'Igor. »

« Князь ! дружину твою   крыльями
» Пріодѣли   птицы хищныя ;
« Звѣри   гладны полизали кровь ! «

      Князь Всеславъ тогда людей судилъ
И Князьямъ какъ силный, мочный Царь
Давалъ грады во владѣніе ;
Самъ подобно волку хищному
По ночамъ гонялъ изъ Кіева ;
То до Курска, то до Тмутаракана.
Хоть мудра была душа его ,
Но бѣдамъ подверженъ часто былъ !
Для такихъ -то Князей подлинно
Издавна Боянъ ставилъ стихъ :
« Кто бы какъ умомъ ни славился ,
« Но не минетъ суда Божія. »

      Земля Русская ! стонать тебѣ
О протекшемъ славномъ времени !

      Ярославнинъ голосъ слышится ;
Какъ оставленная горлица
По утрамъ воркуетъ жалобно :
« Полечу я, говоритъ она ,
« По Дунаю сизой горлицей ,
« Обмочу рукавъ бобровой свой
« Во струяхъ сребристыхъ Каялы ,
« Оботру имъ раны страшныя,
« Раны страшныя кровавыя
« На геройскомъ тѣлѣ Княжескомъ. »

L'aurore dans Putivl la voit pleurer encor :
« O vents impétueux ! retenez votre haleine,
» Ou portez vos fureurs sur les monts , dans la plaine,
» Sur la vague en courroux ; mais qu'un soufle orageux
» Ne chasse point les traits sur nos rangs belliqu eux. »

Sur les murs de Putivl , mélancolique et tendre,
La voix d'Iaroslavna se fait encore entendre:

« O célèbre Dnieper ! tes écumantes eaux
» Ont séparé des champs, des bois et des coteaux ;
» Jusqu'au camp de Kobiak , ta surface rapide
» Transporta Svétoslaw et sa flotte intrépide ,
» Ramène donc l'objet de mes plus tendres vœux
» Et la cause des pleurs dont sont noyés mes yeux. »

Ярославнин голосъ слышится,
По стѣнамъ Путивля стелется,
Она плачетъ на градской стѣнѣ
Приговаривая жалобно :
« О, вы вѣтры ! вѣтры буйные !
« Вы къ чему такъ сильно вѣете,
« И на милое мнѣ воинство
« Навѣваете со всѣхъ сторонъ
« Калены стрѣлы Хиновскія !
« Аль вамъ нѣтъ подъ облаками горъ ?
« Завѣвайте въ темныхъ дебряхъ вы,
« На водахъ суда лелѣючи !
« Но за что вы, ахъ ! развѣяли
« Какъ траву ковыль веселіе ? « —

Ярославнинъ голосъ слышится,
По стѣнамъ Путивля стелется,
Она плачетъ на градской стѣнѣ,
Приговаривая жалобно :

« О, ты славный, шумный, синій Днѣпръ !
« Горы ты пробилъ кремнистыя,
« Сквозь прошелъ землю Полоцкую,
« На хребтѣ своемъ носилъ суда
« Святославовы военныя,
« До стана войска Кобякова.
« Принеси же ко мнѣ милаго,
« Причину моихъ горючихъ слезъ. »

Sur les murs de Putivl, mélancolique et tendre,
La voix d'Iaroslavna se fait encore entendre :

« Soleil étincelant ! toi qui , du haut des cieux,
» Féconde l'univers éclairé par tes feux,
» De mes guerriers chéris calme la soif ardente
» Et tempérant des airs la chaleur dévorante ;
» Et, te couvrant pour eux de nuages flottans,
» N'attache plus l'armure à leurs seins palpitans. »

Au milieu de la nuit le ciel devint plus sombre ;
La mer en mugissant roula ses flots dans l'ombre,
Et Dieu ramène Igor, d'un séjour odieux,
Au trône paternel, au toit de ses aïeux.
Son œil fuit le sommeil : dans son impatience
Il mesure du Don les eaux et la distance ;

Ярославнинъ голосъ слышится,
По стѣнамъ Путивля стелется,
Она плачетъ на градской стѣнѣ,
Приговаривая жалобно :

« О! ты солнце! — солнце ясное !
» Ты для всѣхъ тепло, всѣмъ жизнь даешъ !
» Но къ чему такъ прямо уперло
» Лучи знойные, палящіе
» На моихъ—мнѣ милыхъ воиновъ ?
« Къ чему въ полѣ ихъ безводномъ ты
» Мучишъ жаждой нестерпимою,
» Засуша ихъ луки мѣткіе,
» И колчаны къ лютой горести
» Закрѣпило крѣпко накрѣпко ? ? »

Взволновалось море синее,
Въ часъ безмолвной — въ часъ полуночи ;
Мгла столбами поднимается ;
Князю Игорю Богъ путь кажетъ
Отъ Половцовъ въ землю Русскую,
На златой престолъ отеческій.
Погасала заря на небѣ
Заря алая вечерняя.
Не спитъ Игорь, думу думаетъ ;
И измѣриваетъ мысленно
Разстояніе великое,
Отъ Донца до Дона синяго.

Ovlour, non loin du fleuve, a donné le signal :
Il part ; et sous ses pas d'un mouvement égal,
La terre tressaillit, et la molle verdure
Fait entendre avec elle un paisible murmure.
Igor part ; et, semblable au rapide faucon,
Il vole, et déjà touche aux bords rians du Don.
Le fleuve se soulève et, comblant ses rivages,
Au Prince qu'il reçoit il offre ses hommages :
« Que tes sujets, dit-il, instruits de ton retour,
» Vont, par de vifs transports, te prouver leur amour !
» La rage de Topchak, cherchant en vain sa proie,
» Pourra seule égaler leur bonheur et leur joie.»

« — Et toi, Donetz, et toi, » lui répond le héros,
» Tu dois t'enorgueillir de me voir sur tes flots,
» De m'offrir avec soin sur ta tranquille plage
» Le duvet du gazon et l'ombre du feuillage ;
» De me faire planer sur tes flots ondoyans
» Comme cet enchanteur soutenu par les vents ;
» Telle n'est point, dit-il, la Stugna mugissante :
» Le ruisseau dans son sein tombe avec épouvante,
» Et ses rives, l'effroi des plus hardis nochers,
» Se hérissent partout de funestes rochers. »

Du jeune Rostislaw la tendre mère en larmes
Regrette un fils chéri, cause de ses alarmes ;
Et les fleurs dans les prés, sèches et sans couleurs,
De cette mère en deuil partagent les douleurs.

Овлуръ свиснулъ за рѣкой громко :
Не бывать тамъ Князю Игорю.

    Застонала мать сыра земля,
Зашумѣли травы на полѣ.
А Князь Игорь къ тростнику бѣжитъ ,
Чрезъ рѣку поплылъ онъ.
« О Князь Игорь ! — тутъ вѣщаетъ вдругъ
» Переставши течь рѣка Донецъ :
» Твоя слава преумножилась,
» Половцамъ досада страшная ,
» Царству Русскому веселіе ! «

    Въ отвѣтъ Игорь ей вѣщаетъ такъ :
« Не мала также тебѣ слава
» Носить Князя на волнахъ своихъ ,
» Подстилая ему подъ ноги
» На брегахъ зелены бархаты ,
» На зыбяхъ своихъ лелѣючи ,
» Какъ чернядей на вѣтрахъ зимой.
» Такова ли рѣка Стугна ? Нѣтъ !
» Она пагубна другимъ ручьямъ,
» Погребаетъ ихъ въ жерлѣ своемъ ,
» Разбиваетъ у кустовъ суда. «

    Ростиславу Князю юному
Затворилъ Днепръ брега темные.
Ростиславова мать плачется
Князя юнаго не видѣвши ;
И цвѣты поблёкли съ жалости ,
И древа склонились съ горести.

Gzag poursuivait Igor ; et l'oiseau solitaire ,
De ses sinistres cris, n'effrayait point la terre ;
On n'entendait alors que les concerts d'amour
Du rossignol chantant l'aspect prochain du jour.

Le jour luit dans les cieux : Igor est en Russie.
Des vierges, de leurs voix accordant l'harmonie,
Font retentir Kiow, où parmi ses enfans ,
Igor fait son entrée et provoque leurs chants.

J'ai pour Igor ici fait entendre ma voix,
Vsevolod, Vladimir, j'ai chanté vos exploits ;
Gloire à ces défenseurs du culte de nos pères,
Contre l'impur amas des hordes étrangères !

По слѣдамъ Гзакъ ѣздитъ Игоря.
Тогда вороны не каркали,
Замолчали галки сѣрыя;
Соловьи веселымъ пѣніемъ
Свѣтъ зари одни повѣдали.

Солнце свѣтитъ уже на небѣ,
Игорь Князь въ своемъ отечествѣ. —
На Дунаѣ поютъ дѣвицы;
Далеко ихъ голосъ слышится
Далеко — чрезъ море — въ Кіевѣ.
Игорь ѣдетъ по Боричеву,
Возраждается веселіе,
Радость — плески умножаются,
Всё въ Россіи ожило!

Пѣснь сія воспѣта мною — здѣсь
Молодымъ Князьямъ со старыми:
Пѣта слава Князя Игоря,
Всеволода и Владиміра.

Да пошлетъ Богъ съ неба здравіе
Симъ Князьямъ и со Дружиной ихъ!
Поборающимъ враговъ своихъ,
Защищающимъ отечество!

POÉSIES DIVERSES.

РАЗНЫЯ СТИХОТВОРЕНІЯ.

LA HARPE D'ÉOLE,

TRADUITE DE JOUKOWSKY.

Dans l'antique Morven, au château de ses pères,
Vivait jadis Ordal ;
Un lac réfléchissait des remparts circulaires
Dans son mouvant cristal,
Et des arbres, croissant autour de son rivage,
Répandaient la fraîcheur, le repos et l'ombrage.

Souvent la douce paix qui régnait en ces bois
Était interrompue
Par les sons éclatans du cor et de cent voix,
Qui pénétraient la nue :
Ordal faisait alors une mortelle guerre
Au sanglier féroce, à la biche légère.

Chez lui se rassemblaient la joie et les plaisirs,
L'attention active,
Avec la liberté qui comblait les désirs
Du satisfait convive ;
Et ses palais, ornés d'armes, de boucliers,
Consacraient et la gloire et le nom des guerriers.

ЭОЛОВА АРФА.

Владыко Морвены ,
Жилъ въ дѣдовскомъ замкѣ могучій Ордалъ;
Надъ озеромъ стѣны
Зубчатыя замокъ съ холма возвышалъ ;
Прибрежны дубравы
Склонялись къ водамъ ,
И стлался кудрявый
Кустарникъ по злачнымъ окрестнымъ холмамъ.

Спокойствіе сѣней
Дубравныхъ тамъ часто лай псовъ нарушалъ ;
Рогатыхъ еленей
И вепрей и ланей могучій Ордалъ
Съ отважными псами
Гонялъ по холмамъ ;
И долы съ холмами ,
Шумя, отвѣчали зовущимъ рогамъ.

Въ жилище Ордала
Веселость изъ ближнихъ и дальнихъ краёвъ
Гостей собирала ;
И убраны были чертоги пировъ
Еленей рогами ;
И въ память отцамъ
Висѣли рядами
Ихъ шлемы, кольчуги, щиты по стѣнамъ.

Mais la jeune Minvane embellissait encore
Ce séjour enchanteur :
Telle qu'on voit descendre, avec les feux d'Aurore,
La légère vapeur,
De même, sur un sein l'orgueil de la nature,
En ondes, mollement, tombait sa chevelure.

Avec plus d'agrément qu'un doux rayon du jour,
Une flamme timide,
Paraissant au travers de sa paupière humide,
Excitait à l'amour ;
Son haleine n'était que l'odeur de la rose,
Et sa voix le doux bruit de l'onde qui l'arrose.

Déjà la renommée avait porté son nom
Aux deux bouts de la terre ;
Maints chevaliers fameux, briguant son union,
Avaient quitté la guerre:
Mais, Minvane en secret, près d'Armin son vainqueur,
Épanchait les désirs de son sensible cœur.

Aussi beau que la rose, ornement de la plaine,
Ce chantre harmonieux
Ne devait point porter la pourpre souveraine,
Et n'avait point d'aïeux ;

Младая Минвана
Красой озаряла родительской домъ ;
    Какъ зыби тумана
Зарею златимы надъ свѣжимъ холмомъ :
      Такъ кудри густыя
      Съ главы молодой
      На перси младыя ,
Вьяся, бѣжали струей золотой.

      Пріятнѣй денницы ,
Задумчивый пламень во взорахъ сіялъ :
    Сквозь темны ресницы
Онъ сладкое въ душу смятенье вливалъ ;
      Потока журчанье —
      Пріятность рѣчей ;
      Какъ роза — дыханье ,
Душа же прекраснѣй и прелестей въ ней.

      Гремѣла красою
Минвана и въ ближнихъ и въ дальнихъ краяхъ ;
    Въ Морвену толпою
Стекалися витязи, славны въ бояхъ ;
      И дщерью гордился
      Предъ ними отецъ…,
      И въ тайнѣ дѣлился
Душою съ Минваной Арминій — пѣвецъ !

      Младой и прекрасный ,
Какъ свѣжая роза — утѣха долинъ ,
    Пѣвецъ сладкогласный ,
Но родомъ не знатный, не Княжескій сынъ :

Maïs Minvane, en lui seul trouvant son bien suprême,
Vivait pour l'adorer, lui ... pour l'aimer de même.

Dans les voûtes du ciel épandant sa clarté,
        La lune chassa l'ombre ;
L'onde resplendissait sous son disque argenté,
        Le bois était moins sombre,
Et ses sommets, penchés sur le lac en repos,
Répétaient leur image au sein des vastes eaux.

Sur un coteau voisin, d'où coulait une eau pure,
        Fuyant aux alentours ,
S'élevait un haut chêne , à l'immense verdure,
        L'asile des amours :
C'était là, qu'inquiète, agitée, indécise ,
Attendant son amant, Minvane était assise.

Et, tenant en sà main la harpe aux doux accords ,
        L'aimable chantre arrive...
Toi, compagne des nuits, lune ! dis leurs transports,
        Leur félicité vive !
Tout goûtait le repos ; seule, au gré des zéphyrs,
L'onde portait au loin leurs éloquens soupirs.

Минвана забыла
О санѣ *своемъ*,
И сердцемъ любила,
Невинная, сердце невинное въ немъ. — —

На темные своды
Багрянымъ щитомъ покатилась луна;
И озера воды
Струистымъ сіяньемъ покрыла она;
От замка, отъ сѣней
Дубравъ по брегамъ
Огромные тѣней
Легли великаны по гладкимъ водамъ.

На холмѣ, гдѣ чистымъ
Потокомъ источникъ бѣжалъ изъ кустовъ,
Подъ дубомъ вѣтвистымъ —
Свидѣтелемъ тайныхъ свиданья часовъ —
Минвана младая
Сидѣла одна,
Пѣвца ожидая,
И въ страхѣ таила дыханье она.

И съ арфою стройной
Ко древу къ Минванѣ приходитъ пѣвецъ!
Все было спокойно,
Какъ тихая радость ихъ юныхъ сердецъ:
Прохлада и нѣга,
Мерцанье луны,
И ропотъ у брега
Дробимыя съ тихимъ плесканьемъ волны.

Long-tems, Minvane et lui gardèrent le silence,
    L'œil fixé sur les eaux;
Pensif, le chantre en vain appelait l'espérance,
    Seul remède à ses maux :
« Tels que l'eau d'un torrent enflé par un orage,
La jeunesse et l'amour s'écoulent avec l'âge. »

— Pourquoi dans la tristesse ainsi plonger ton cœur,
    O mon ami fidèle !
Laisse couler et l'onde et l'âge et le bonheur
    Dans la nuit éternelle.
« — Mais que suis-je, Minvane, hélas ! auprès de toi ?
Un chantre infortuné ... toi, la fille d'un roi !... »

— Eh ! que sont et la gloire et l'orgueil d'un vain titre
    Auprès de mon Armin ?
Je ne veux désormais que l'amour pour arbitre
    De mon heureux destin.
Ne t'adonne donc plus à la mélancolie,
Qui jusqu'à ce moment empoisonna ta vie.

« — Instant délicieux, d'être seuls, de se voir,
    Arrête, attends encore ! . . .
Peut-être, avec les feux de la naissante aurore,
    Je n'aurai plus d'espoir ;

И долго , безмолвны,
Пѣвецъ и Минвана съ унылой душой
    Смотрѣли на волны ,
Златимыя тихо блестящей луной.
    „ Какъ быстрыя воды
    Потокъ свой лиютъ —
    Такъ быстрые годы
Веселье младое съ любовью несутъ ! „

    — Чтожъ сердце уныло ?
Пусть воды лиются, пусть годы бѣгутъ !
    О вѣрный ! о милой !
Съ любовію годы и жизнь унесутъ ! —
    „ Минвана , Минвана !
    Я бѣдный пѣвецъ ;
    Тыжъ царскаго сана ,
И предками славенъ твой гордый отецъ. „

    — Что въ славѣ и санѣ ?
Любовь мой высокій, мой царскій вѣнецъ !
    О милый , Минванѣ
Всѣхъ витязей краше смиренный пѣвецъ !
    Почто же уныло
    На радость глядѣть ?
    Все близко что мило !
Оставимъ годамъ за годами летѣть ! —

    „ Минутная сладость
Веселаго *вмѣстѣ*, помедли, постой !
    Кто скажетъ, что радость
На вѣкъ не умчится съ грядущей зарёй !

Peut-être, avec le jour Minvane sera reine,
Moi... de rechef en proie à ma première peine ! »

— Qu'il revienne ce jour et ce riant matin
    Pour embellir tes charmes ;
Qu'il éclaire le monde où vit mon cher Armin,
    Et chasse ses alarmes !
Je serai dans la foule au rang de mes aïeux ;
Mais, mes yeux et mon cœur te suivront en tous lieux !

« — Mais l'orient pâlit ; déjà le jour s'avance ;
    Je pars, Minvane, adieu !
Le matineux zéphyr, des feuilles qu'il balance,
    Fait murmurer ce lieu. »
— Non, l'aube ne colore encor que les nuages,
Et rien, jusqu'à présent, n'a troublé les feuillages.

« — Au palais, entends-tu cette rumeur, ce bruit ;
    Personne ne sommeille.
Déjà, suivant les pas de l'ombre qui la fuit,
    L'aurore est plus vermeille... »
— Attends, ô cher ami ! — « Minvane, dans mon cœur,
Je ne sais quoi répand la crainte et la douleur. »

Проглянетъ денница —
Блаженству конецъ!
Опять ты царица,
Опять я ничтожный и бѣдный пѣвецъ! «

— Пускай возвратится
Веселое утро, сіяніе дня;
Зарей озарится
Тотъ свѣтъ, гдѣ мой милой живетъ для меня!
Лишь царскимъ уборомъ
Я буду съ толпой:
Но мыслію, взоромъ,
И сердцемъ, и жизнью, о милой, съ тобой! —

» Проспи! ужъ блѣднѣетъ
Разсвѣтомъ далекій, Минвана, востокъ;
Ужъ утренній вѣетъ
Съ вершины кудрявыхъ холмовъ вѣтерокъ! «
— О нѣтъ! то зарница
Блеститъ въ облакахъ!
Не скоро денница!
И тихъ вѣтерокъ на кудрявыхъ холмахъ! —

» Ужъ въ замкѣ проснулись:
Мнѣ слышался шорохъ и звукъ голосовъ! »
— О нѣтъ! встрепенулись
Дремавшія пташки на вѣтьвяхъ кустовъ! —
» Заря ужъ багряна! «
— О милый, постой! —
» Минвана, Минвана!
Почтожъ замираетъ такъ сердце тоской? «

Et, suspendant sa harpe à la branche nouvelle ,
        « Sois, dit le chantre en pleurs,
Sois le gage et le prix de mon amour fidèle
        Et d'instans enchanteurs ;
Rends les sons les plus doux, peins l'amour et l'absence,
De Minvane, sans moi, ranime l'espérance !

« Et toi, Minvane, et toi, quand dans l'obscurité ,
        Ton oreille attentive
Ecoutera l'accent par zéphyr emporté
        De ma harpe plaintive ,
Pense alors qu'il est près l'instant de nous revoir ,
Ou qu'Armin te voit seul dans les ombres du soir !

« Pense que, survivant même à sa vie éteinte ,
        Il t'adore toujours :
Qu'en t'aimant il n'a plus à souffrir la contrainte ,
        Ni l'intrigue des cours !
Toi , chêne aux longs rameaux, prête lui ton ombrage !
Ame, viens expirer sur son léger passage ! »

Il se tut ; et long-tems de ses regards distraits
        Il fixa son amie...
Une voix paraissait dans son ame attendrie
        Dire : adieu pour jamais !

И арфу унылой
Пѣвецъ привязалъ подъ наклономъ вѣтьвей :
» Будь, арфа, для милой
Залогомъ прекрасныхъ минувшаго дней !
И сладкіе звуки
Любви не забудь,
Услада разлуки
И вѣстникъ души неизмѣнныя будь !

» И думай, ихъ пѣнью
Внимая вечерней, Минвана, порой,
Что легкою тѣнью,
Все вѣрный, летаетъ твой другъ надъ тобой !
Что прежнія муки :
Превратнаго страхъ,
И ужасъ разлуки ,
Всѣ съ трепетной жизнью онъ бросилъ во прахъ !

» Что жизнь переживши,
Любовь лишь одна не разсталась съ душой !
Что робко любившій
Безъ робости любитъ и болѣе твой !
А ты, дубъ вѣтвистый,
Ее осѣняй !
И вѣтеръ душистый,
На юныя перси дышать прилетай ! »

Умолкъ — и съ прелестной
Задумчивыхъ долго очей не сводилъ ....
Какъ бы неизвѣстной
Въ немъ голосъ : *на вѣки прости!* говорилъ ;

Et, lui pressant la main, la quittant avec peine ,
Il disparut bientôt comme une image vaine !...

La lune éclaire.... et seule, hélas ! Minvane attend
          Le mortel qu'elle adore ;
Son œil le cherche en vain, son cœur impatient
          En vain l'attend encore :
Il re doit plus venir ; d'un lointain univers
Le furieux Ordal lui fait franchir les mers.

Et les heures du soir et l'aube renaissante ,
          Sous le chêne discret,
Trouvent Minvane seule, assise, dans l'attente
          Du plus aimable objet ;
Mais, soit que le jour fuit, ou qu'Aurore l'amène ,
Le chantre infortuné ne vient point sous le chêne !

Un vent nocturne et doux forme dans les rameaux
          Un bruit qu'écho répète ;
Il touche aussi la harpe et fait frémir les eaux,
          Mais la harpe est muette !...
Le printems de nouveau descendit sur la terre ,
Et vint tout ranimer d'un souffle salutaire ;

Горячей рукою
Ей руку пожалъ,
И, тихой стопою
Отъ ней удаляся, какъ призракъ, пропалъ . . . .

Луна возсіяла . . . ,
Минвана у древа . . . . Но гдѣ же пѣвецъ ?
Увы ! предузнала
Душа, унывая, что счастью конецъ :
Молва о свиданьѣ
Достигла отца,
И мчитъ ужъ въ изгнаньѣ
Ладья черезъ море младаго пѣвца.

И поздно, и рано,
Подъ древомъ свиданья Минвана груститъ ;
Уныло съ Минваной
Одинъ лишь нагорной потокъ говоритъ ;
Все пусто ! день ясный
Взойдетъ и зайдетъ —
Пѣвецъ сладкогласный
Минвану подъ древомъ свиданья не ждетъ !

Прохладою дышетъ
Тамъ вѣтеръ вечерній и въ листьяхъ шумитъ,
И вѣтьви колышетъ,
И арфу лобзаетъ . . . . но арфа молчитъ ! — —
Творенія радость
Настала весна —
И въ свѣжую младость,
Красу и веселье земля убрана,

Les champs étaient couverts de verdure et de fleurs,
    Les airs pleins d'ambroisie ;
Tout goûtait du printems les charmantes douceurs ,
    Les désirs et la vie.....,
Déjà l'ombre s'étend sur l'onde et les forêts ;
Le vent expire au sein de la feuillée en paix,

Tristement près de l'arbre est encore Minvane ;
    Tout reposait .... soudain....,
Son visage est touché d'une chose qui plane ,
    Effleurant son carmin !
Et, léger comme l'air, de l'asile suprême
Quelque chose descend sur la harpe elle-même !...

Et, tout à coup.... au sein du calme de la nuit
    S'élève un son tranquille ,
Triste et silencieux, tel qu'un souffle qui fuit
    Du feuillage mobile :
C'était lui ; des tombeaux les antres l'ont reçu.
« Minvane, plus d'espoir et ton amant n'est plus ! »

Succombant à ses maux, elle tombe sans vie
    Sur l'ombre d'un amant.
De la harpe agitée une sourde harmonie
    Sortit en ce moment !

И яркимъ сіяньемъ
Холмы осыпалъ вечерѣющій день :
    На землю съ молчаньемъ
Сходила ночная, росистая тѣнь ;
    Ужъ синіе своды
    Блистали въ звѣздахъ ;
    Сравнялися воды ;
И вѣтеръ улегся на спящихъ листахъ.

    Сидѣла уныло
Минвана у древа . . . . душой въ далекѣ ! . . .
    И тихо все было . . . .
Вдругъ . . . . къ пламенной что-то коснулось щекѣ.
    И что-то шатнуло ,
    Безъ вѣтра, листы ;
    И что-то прильнуло
Къ струнамъ, невидимо слетѣвъ съ высоты ! . . .

    И вдругъ . . . . изъ молчанья
Подъялся протяжный, задумчивый звонъ ;
    И тише дыханья
Играющей въ листьяхъ прохлады былъ онъ.
    Въ ней сердце смутилось :
    То друга привѣтъ.
    « Свершилось ! свершилось !
Земля опустѣла ! ужъ милаго нѣтъ ! «

    Отъ тяжкія муки
Минвана упала безъ чувства на прахъ ,
    И жалобнѣй звуки
Надъ ней застенали въ смятенныхъ струнахъ !

Enfin, Minvane au jour entr'ouvrit sa paupière,
Quand déjà du matin paraissait la lumière.

Depuis ce tems, livrée à son chagrin profond,
        Elle vient sous le chêne
Ecouter les accents auxquels elle répond,
        Comme à la douce haleine
De celui qu'elle croit habitant des beaux lieux,
Où n'entre point l'absence, où tendent tous ses vœux.

« Harpe chère, résonne, ah ! résonne, dit-elle,
        Je vais bientôt mourir ! »
Déjà se meurt la rose à la tige si belle,
        Un vent l'a fait flétrir ;
Demain le voyageur, se rappelant ses charmes,
Viendra pour l'admirer et versera des larmes.

Et Minvane n'est plus.... Quand s'élèvent des eaux
        Quelques nuages sombres,
Quand la pâle Phébée en éclaire les flots
        Apparaissent deux ombres :
Elles volent ensemble au sommet du coteau....,
Et la harpe soupire, et frémit le rameau !

Когдажъ возвратила
Дыханье она ,
Уже восходила
Заря, и надъ нею была тишина ! . . .

Съ тѣхъ поръ , унывая ,
Минвана , лишь вечеръ , ходила на холмъ —
И звукамъ внимая ,
Мечтала о миломъ, о свѣтѣ другомъ ,
Гдѣ жизнь безъ разлуки ,
Гдѣ все не на часъ —
И мнились ей звуки
Какъ будто летящій отъ родины гласъ.

» О милыя струны !
Играйте, играйте ! мой часъ не далёкъ !
Ужъ клонится юный
Главой недоцвѣтшей ко праху цвѣтокъ !
И странникъ унылой
Заутра придетъ ,
И спроситъ : гдѣ милой
Цвѣтокъ мой ? . . . и болѣ цвѣтка не найдетъ ! «

И нѣтъ ужъ Минваны ! . . .
Когда отъ потока , холмовъ и полей
Восходятъ туманы ,
И свѣтитъ, какъ въ дымѣ , луна безъ лучей —
Двѣ видятся тѣни :
Сліявшись , летятъ
Къ знакомой имъ сѣни . . .
И дубъ шевелится , и струны звучатъ !

ACHILLE,

TRADUIT DU MÊME.

L'ombre a couvert les remparts d'Ilion
Et de l'Ida la tête sourcilleuse ;
Le sommeil règne au camp d'Agamemnon,
      Et dans la plaine ténébreuse ;
Tout dort en paix.... près des tentes rangés,
Brillent des feux les tremblantes lumières,
Et l'on n'entend que les cris prolongés
      Des gardes solitaires !

L'astre des nuits au vaste sein des mers
Peint son croissant environné d'étoiles ;
Légèrement, de l'ombre dans les airs,
      Ses rayons éclairent les voiles ;
Et dans la plaine, où plongent les regards,
On voit Priam, en ces heures funestes,
Suivre d'Hector au sein de ces remparts
      Les déplorables restes !

Sur un coteau que blanchissent les flots,
Et loin du camp paraît le sombre Achille ;
Seul des guerriers, il a fui le repos
      Pour rêver isolé, tranquille ;
Là, promenant ses regards attendris,
Il voit d'Hector le trop malheureux père
Qui, de sa pourpre écartant les replis,
      Sèche une larme amère.

АХИЛЛЪ.

Отуманилася Ида ,
      Омрачился Иліонъ ;
Спитъ во мракѣ станъ Атрида ,
      На равнинѣ битвы сонъ ;
Тихо все . . . . . курясь, сверкаетъ
      Пламень гаснущихъ костровъ ,
И протяжно окликаетъ
      Стражу стража близь шатровъ.

Надъ Егейскихъ водъ равниной
      Свѣтелъ всходитъ рогъ луны ;
Звѣзды спящею пучиной
      И брега отражены ;
Видѣнъ въ полѣ опустѣломъ
      Съ колесницею Пріамъ ;
Онъ за Гекторовымъ тѣломъ
      Отъ шатровъ идетъ къ стѣнамъ.

И на брегѣ близь кургана
      Зрится сумрачный Ахиллъ ;
Онъ одинъ , далекъ отъ стана,
      Онъ главу на длань склонилъ !
Смотритъ въ даль — тамъ съ колесницей
      На пути Пріама зритъ ;
Отираетъ багряницей
      Слезы бѣдный царь съ ланитъ.

Il prend sa lyre et l'accorde à sa voix ;
« Vieillard ! l'objet de ta juste tendresse,
Hector n'est plus ! ce héros autrefois
          Etait l'appui de ta vieillesse !
Du haut des murs où l'atteignit le sort,
Avec Hécube Andromaque l'appelle,...
Et ton retour, pour l'épouse fidèle,
          Est la vie et la mort !

« Et quand demain, dissipant les ténèbres,
La triste aurore entrera dans les cieux,
On brûlera l'encens aux pieds des dieux
          Au bruit sacré des chants funèbres !
La veuve en pleurs élevera ses vœux
Pour un époux dont elle aura la cendre,
Et chez les morts ses mânes généreux
          En paix pourront descendre !

C'est en ce lieu, Priam, que ton destin
Te fit baisser un front ridé par l'âge ;
Que tu mouillas une homicide main
          Des pleurs qui couvraient ton visage !
Tu m'implorais pour un fils immolé ;
Hector n'est plus... sois désormais tranquille !
Son sort m'attend, Jupiter a parlé,
          Et c'est fini d'Achille !

« Mon heure est proche ! et le dard inhumain
Frémit déjà sur la corde ennemie ;
Déjà la Parque, à la voix du Destin,
          A coupé le fil de ma vie !

Лиру взялъ, ударилъ въ струны ,
    Тихъ его печальный гласъ :
» Старецъ ! палъ твой Гекторъ юный !
    Свѣтъ души твоей угасъ !
И Гекуба, Андромаха
    Ждутъ тебя у градскихъ вратъ
Съ ношей милаго имъ праха . . . .
    Жизнь и смерть имъ твой возвратъ!

» И съ денницею печальной
    Воскурится фиміамъ ,
Огласятся погребальной
    Пѣснью каждой домъ и храмъ !
Мать, отецъ, вдова съ мольбою
    Пепелъ въ урну соберутъ ,
И молитвы ихъ герою
    Миръ въ странѣ тѣней дадутъ !

» О Пріамъ, ты предъ Ахилломъ
    Здѣсь во прахъ главу склонялъ ;
Здѣсь молилъ о сынѣ миломъ ;
    Здѣсь, несчастный, ты лобзалъ
Руку, слезъ твоихъ причину :
    Ахъ, не сѣтуй ! гласъ небесъ
Намъ одну изрекъ судьбину ;
    И меня постигъ Зевесъ !

» Близокъ часъ мой ! роковая
    Приготовлена стрѣла :
Парка , жребію внимая,
    Дни мои ужъ отвила !

Et l'Achéron a, dans son triple cours
Mugi ces mots dont l'accent vint m'atteindre :
Enfin , d'Achille on a compté les jours !
          Leur flambeau va s'éteindre !

« Mon seul ami, Patrocle est au tombeau ;
Je l'ai perdu ce compagnon fidèle !
Mais sur ses pas Achille va bientôt
          Peupler la demeure•éternelle !
Tel est l'arrêt du rigoureux destin :
Sur une rive éloignée, étrangère ,
Je dois tomber, comme un lys au matin ,
          Loin des yeux de mon père !

« Ah ! mon cœur même aujourd'hui me défend
De prolonger mes jours sur une terre ,
Où d'un ami le regard consolant
          Ne s'offre plus à ma paupière !
Hector n'est plus… par son juste trépas
J'ai de Patrocle apaisé la grande ombre ;
Je lai vengé ; mais en guidant mes pas
          Vers le royaume sombre !

« Ne l'attends plus, ô Ménèce, ton fils !
Il ne doit plus voir le toit de son père….
Ici les flots écumans de Thétis
          Mouillent la tombe qui l'enserre !
Il dort !… la mort vient d'enchaîner sa main ;
Il ne voit plus le chemin de la gloire ;
Et ne sent plus se soulever son sein
          Aux cris de la victoire.

И скрипятъ врата Айдеса ,
            И вѣщаетъ грозный гласъ :
Все прошло для Ахиллеса !
            Факелъ дней его угасъ !

» Вѣрный другъ мой взятъ могилой ,
            Спутникъ дней моихъ изчезъ —
Въ слѣдъ за нимъ съ земли унылой
            Улетитъ и Ахиллесъ !
Такъ судилъ предѣлъ жестокой :
            Я паду въ веснѣ моей
На чужомъ брегу , далёко
            Отъ Пелеевыхъ очей !

» Ахъ ! и сердце запрещаетъ
            Долѣ житъ въ земномъ краю ,
Гдѣ ужъ другъ не услаждаетъ
            Душу сирую мою !
Гекторъ палъ — его паденьемъ
            Тѣнь Патрокла я смирилъ ;
Но себѣ за друга мщеньемъ
            Путь къ Тенару проложилъ !

» Ты не жди, Менецій, сына !
            Не придетъ онъ въ отчій домъ . . . .
Здѣсь Егейская пучина
            Предъ его шумитъ холмомъ !
Спитъ онъ ! . . . смерть сковала длани ;
            Позабылъ ко славѣ путь ;
И призывный голосъ брани
            Не вздымаетъ хладну грудь.

« Et sur ces bords doit finir mon destin !
La solitude au paternel asile
Viendra régner ; et Pélée, orphelin,
      Attendra vainement Achille !
Le bruit des camps ne retentira plus
Pour ton énfant, ô trop malheureux père !
Tu pareras de plus riches tissus
      Ton palais solitaire ;

« Et du rivage avec affliction,
Dans le lointain se portera ta vue,
Pour y chercher au bord de l'horison
      La voile long-tems attendue !
Et les vaisseaux, de Pergame vaincu,
Retourneront sans t'apporter Achille !
Où des héros dix ans ont combattu
      Il dormira tranquille.

« Et vainement, luttant avec la mort,
Ta faible main voudra trouver la mienne,
Et de ta voix me rappeler encor
      Des bords de l'onde stygienne !
La voix d'un fils, dans ces derniers moments,
Ne suivra point ton ame fugitive,
Et du Léthé tes trop faibles accents
      N'atteindront point la rive.

« O lieux chéris où j'ai reçu le jour !
Vallons rians ! voûtes hospitalières
De myrtes verts retraites de l'amour !
      Et vous, eaux limpides et claires !

» И Ахиллъ не возвратится !
                Въ домѣ отчемъ пустота
Скоро, скоро водворится !
                О Пелей , ты сирота !
Пронесется буря брани —
                Ты Ахилла будешъ ждать,
И чертогъ свой въ новы ткани
                Для пріема убирать ;

» Будешь съ берега уныло
                Ты смотрѣть — въ пустой дали
Не бѣлѣетъ ли вѣтрило ,
                Не плывутъ ли корабли !
Корабли придутъ отъ Трои —
                А меня ни на одномъ !
Тамъ, гдѣ билися герои ,
                Буду спать — и вѣчнымъ сномъ !

» Тщетно, смертною борьбою
                Мучимъ, будешь сына звать,
И хладѣющей рукою
                Вкругъ себя его искать —
Съ милымъ свѣтомъ разлученья
                Гласъ его не усладитъ ,
И на брегъ воды забвенья
                Зовъ отца не долетитъ.

» Край отчизны ! свѣтлы воды !
                Очарованны мѣста !
Миртъ, оливъ пріютны своды !
                Пышныхъ долов красота !

Comme autrefois puissiez-vous embellir
Dans une paix inaltérable et pure ,
Et répéter les accents du plaisir
        D'une heureuse nature !

« Mais votre sein à deux jeunes héros
N'offrira plus une douce retraite !
O Sperchius ! j'ai promis à tes eaux
        La chevelure d'une tête
Qu'a respectée le démon des combats....
Tout pour Patrocle et son ombre immortelle !
C'est un tribut que doit à son trépas
        Mon amitié fidèle.

« Le sort, sans doute, arrêta votre ardeur ,
Coursiers fougueux , quand des plaines horribles,
Où de Patrocle aux pieds de son vainqueur
        Gisaient les restes insensibles ,
Vous n'avez point ramené mon ami !
Nobles coursiers d'où vient cette tristesse ?
Votre front mâle, intrépide, aguerri ,
        Péniblement se baisse ;

« Je vois trembler vos muscles vigoureux ;
Vous oubliez l'aliment de la vie ;
Vous soupirez; une larme en vos yeux
        Est par une larme suivie !
Vous voyez donc pour la dernière fois
Celui jadis votre guide au carnage ?
C'est donc ma mort qu'enfin par votre voix
        Le destin me présage ?...

Разцвѣтайте, украшайтесь,
    Какъ и прежде, тишиной!
Какъ и прежде, оглашайтесь
    Кликомъ радости одной!

» Но Патрокла и Ахилла
    Никогда вамъ не видать!
Воды Сперхія, сулила
    Вамъ рука моя отдать
Кудри съ юныя отъ брани
    Уцѣлѣвшія главы ....
Всѣ Патроклу въ даръ! и дани
    Ужь моей не ждите вы!

» Кони быстрые, изъ боя
    (Тайный рокъ васъ удержалъ)
Вы не вынесли героя —
    И на щитъ онъ мертвый палъ!
Кони бодрые, ретивы,
    Чтожъ теперь такъ мрачны вы?
По землѣ влачатся гривы;
    Наклонилися главы;

» Позабыта пища вами;
    Груди мощныя дрожатъ;
Слышу стонъ вашъ, и слезами
    Очи гордыя блестятъ!
Знать Ахилловъ предъ собою
    Зрите вы послѣдній часъ?
Знать вложенъ былъ въ васъ судьбою
    Мнѣ конецъ вѣщавшій гласъ?...

« Hélas ! bientôt !... du terrible Apollon
Sifle déjà la flèche inévitable ,
Et sur le Stix l'inflexible Caron
              Frète sa barque insatiable !...
Quittant les bords où coule le Lethé ,
S'offrit Patrocle, ou son ombre, à ma vue;
Au sein du calme et de l'obscurité
              Elle m'est apparue !

« Comme l'haleine impalpable des vents ,
Je vis planer sa substance immortelle ,
Je crus ouïr même les doux accents
              D'une voix chère qui m'appelle;
Dans ses regards que sillonnaient des pleurs ,
L'affliction jetait son voile sombre....
Quand je voulus encore unir nos cœurs....
              Tout disparut dans l'ombre !...

« Loin de Scyros sur les mers entraîné ,
Pyrrhus verra cette plage inconnue ;
Sur ce coteau, désert, abandonné ,
              Aussi s'arrêtera sa vue ;
Le nautonnier alors en soupirant
Lui montrera la colline immobile ,
Et lui dira : « Là des Grecs fut le camp !
              » Ici repose Achille !

« Là, comme un feu, dans une sombre nuit ,
» Il apparut aux yeux de notre armée ;
» D'un vif éclat son casque resplendit,
              » Et son armure est enflammée !

» Скоро !... лукъ свой напрягаетъ
        Неизбѣжный Аполлонъ ,
И пришельца ожидаетъ
        Къ Стиксу черному Харонъ !
И Патроклъ съ бреговъ забвенья
        Въ полуночной тишинѣ
Легкой тѣнью сновидѣнья
        Прилеталъ уже ко мнѣ !

» Какъ зефирово дыханье ,
        Онъ провѣялъ надъ мной ;
Мнѣ послышалось призванье ,
        Сладкій гласъ души родной ;
Въ нѣжномъ взорѣ скорбь разлуки ,
        И слѣды минувшихъ слезъ....
Я простеръ ко брату руки....
        Онъ во мглѣ пустой изчезъ !...

» Отъ Скироса въ даль влекомый ,
        Поплыветъ Неоптолемъ ;
Брегъ увидитъ незнакомый ,
        И зеленый холмъ на немъ ;
Кормщикъ юношѣ укажетъ ,
        Полный думы, на курганъ —
» Вотъ Ахилловъ гробъ ! — онъ скажетъ ;
        » Тамъ вблизи былъ Грековъ станъ !

» Тамъ, ужасный, на оградѣ
        » Намъ явился онъ въ ночи —
» Нестерпимый блескъ во взглядѣ ,
        » Съ шлема грозные лучи !

» Trois fois il crie, et sa terrible voix
» Chez l'ennemi va porter l'épouvante ,
» Et le Troyen laisse tomber trois fois
    » Sa lance étincelante.
« Là, sa main prit celle d'Agamemnon ;
» Là, sur son char s'élançant intrépide ,
» Vers les remparts du tremblant Ilion ,
    » Comme un éclair sa main le guide ;

« Là, ses coursiers firent voler son char,
» Traînant Hector sous ses murs sans défense ;
» Et sur lesquels se fixait son regard
    » De mort et de vengeance ! »
» Alors, Pyrrhus quittera son vaisseau
Et descendra sur ce bord solitaire ,
Viendra poser sur cet humble coteau
    Le casque avec le cimeterre !

Tout est déjà désert !... et dans son cours
Le Simoïs tranquillement murmure ;
Et d'Ilion déjà les hautes tours
    Se couvrent de verdure !
» Il franchira la plaine des combats....
Et là, naguère où combattait Achille ,
Sur les tombeaux que fouleront ses pas
    Il verra fuir le daim agile !

Il entendra, dans les airs balancés ,
Le vol léger de deux corps invisibles....
Ce sera nous !... êtres indivisibles !....
    Amis des tems passés !

» И три-краты звучнымъ кликомъ

        » На врага онъ грянулъ страхъ,

» И Троянецъ съ блѣднымъ ликомъ

        » Бросилъ щитъ и мечь во прахъ.

» Тамъ, Атриду давъ десницу ,

        » Съ нимъ союзъ запечатлѣлъ ;

» Тамъ, гремящій въ колесницу

        » Прянувъ, къ Троѣ полетѣлъ ;

» Тамъ по праху за собою

        » Тѣло Гекторово мчалъ ,

» И на трепетную Трою

        » Взглядомъ мщенія сверкалъ ! «

» И сойдетъ на брегъ священный

        Съ корабля, Неоптолемъ ,

Чтобъ на холмъ уединенный

        Положишь и мечь и шлемъ !

Вдругъ ужь пусто !... смолкли бои !

        Тихи Ксантъ и Симоисъ !

И уже вкругъ башенъ Трои

        Плющь и шерній обвились !

» Обойдетъ равнину брани....

        Тамъ, гдѣ ратовалъ Ахиллъ,

Ужь стадятся робки лани

        Вкругъ оставленныхъ могилъ !

И услышитъ надъ собою

        Двухъ невидимыхъ полетъ ....

Это мы !... рука съ рукою!...

        Мы, друзья минувшихъ лѣтъ !

» Alors, Pirrhus, souviens-toi de ton père !
Il vécut peu ! le Destin ici-bas
Lui promettait une longue carrière
       Que la gloire ne suivait pas ;
Mais il choisit un seul instant de gloire
Entre des jours passés dans le repos ;
Et d'un ami , jusqu'au sein des tombeaux ,
       Il chérit la mémoire ! »

Il se tut !... l'ombre a couvert Ilion ;
Et de l'Ida la tête sourcilleuse ;
Le sommeil règne au camp d'Agamemnon
       Et dans la plaine ténébreuse ;
Tout dort en paix !... près des tentes rangés
Brillent des feux les tremblantes lumières ;
Et l'on n'entend que les cris prolongés
       Des gardes solitaires.

» Вспомяни тогда Ахилла !
        Быстро въ мірѣ онъ протекъ ! '
Здѣсь судьба ему сулила
        Долгій, но безславный вѣкъ ;
Онъ мгновеніе со славой ,
        Хладну жизнь презрѣвъ, избралъ ,
И на друга трупъ кровавой ,
        До могилы вѣрный, палъ ! « —

Онъ умолкъ !... Въ туманѣ Ида ;
        Отуманенъ Иліонъ ;
Спитъ во мракѣ станъ Атрида ;
        На равнинѣ битвы сонъ ;
И курясь, едва сверкаетъ
        Пламень гаснущихъ костровъ ;
И протяжно окликаетъ
        Стража стражу близь шатровъ.

PHILOMÈLE.

Dans le calme des nuits la nature repose ;
Rien n'en ose troubler le silence charmant ;
    Zéphyr dort sur le sein de la rose
    Et le ruisseau coule insensiblement.

C'est alors que, sortant des cieux ou du feuillage,
Un bruit harmonieux se mêle avec les airs :
    C'est comme un souffle expirant sur la plage,
    Comme un écho qui franchit l'univers.

L'ame cède aux douceurs de cette mélodie,
Et lorsque Philomèle a préludé ses chants,
    On croit ouïr les soupirs d'une amie,
    Ou recevoir ses baisers caressans.

A UNE FONTAINE.

Fontaine, ô toi dont l'onde inaltérable et pure,
Des Nymphes de ces lieux rafraîchit la beauté ,
  Et dont les flots, caressant la verdure ,
Emportent le parfum du jasmin humecté ;
   Soit que Philis sur ton aimable rive
   Vienne ou rêver ou cueillir une fleur ;
   Soit que, du jour défiant la chaleur ,
Elle entoure son sein de ton eau fugitive ,
Fontaine, écoute-moi : conserve pour toujours
L'image de Philis peinte en ton heureux cours.
Tu cesseras alors d'envier à la terre
Le vif émail des fleurs ; aux cieux l'éclat d'Iris ;
Au soleil ses rayons ; à Phébé sa lumière ;
Tu posséderas tout dans les traits de Philis.

LE SOUCI.

***

Se amor non è che dunque è quel ch'i sento ?

PÉTRARQUE.

Sans le savoir Elise soupirait ;
Elle aimait l'ombre et cherchait le silence;
D'un seul berger redoutant la présence,
En le fuyant son cœur le désirait.
A l'âge de quinze ans novice cœur soupire ;
Cela n'est point encor ce que l'on nomme amour ;
Mais si l'on sent ce qu'on ne peut se dire,
Avec ardeur si l'on attend le jour,
On peut, sans doute être assuré qu'on aime.
Elise donc cherchait l'ombre des bois,
D'un antre obscur elle faisait le choix
Pour s'adonner aux pensers d'elle-même.
Qu'il est doux de rêver à l'objet de nos feux !
C'est d'un cœur enfflammé l'aimable confidence ;
L'innocence, elle-même, en ces moments heureux,
Voudrait, mais vainement, se faire résistance.
Souvent livrée à des transports secrets,
Versant de douces larmes,
Elle trouvait des charmes
Dans les moindres objets ;
Ou, quelquefois, affligée, indécise,
Ignorant même sa douleur,
Sensiblement la jeune Elise

Tombait au sein d'une tendre langueur.
C'était alors, qu'aux retraites prochaines,
Sa voix allait interroger l'écho :
« Quelles-sont donc, disait-elle, ces peines,
» Dont m'inquiète un sentiment nouveau ?
» Quelque souci légèrement m'oppresse,
» Et cependant, je me plais à languir

       » Dans certaine tristesse,
       » Provenant d'un plaisir
       » Et d'une ivresse
         » Que mon cœur sent
       » Et que mon cœur ignore ;
       » Tendre écho, je t'implore,

» Dis-moi d'où vient un semblable tourment.
» Dans cette affliction je sens que je désire,
    » Et ce désir fait ma félicité ;
    » Personne, hélas ! ne saurait-il me dire
» Comment s'appelle un mal si plein de volupté ? »
C'était ainsi que, dans sa solitude,
    Lise épanchait son cœur ;
Amour, Amour ! vois son inquiétude,
    Porte-lui le bonheur.

ODE ANACRÉONTIQUE.

Asseyons-nous sous cet épais feuillage
Que, mollement, balancent les zéphyrs ;
Cette eau limpide en répète l'image...
Ah ! ma Cloé, quel lieu pour les plaisirs !
Si tu voulais cet endroit solitaire
N'aurait encor rien caché de si doux ;
Mais tu souris à ma flamme sincère !...
Ondes ! zéphyrs ! un moment taisez-vous !

VÉNUS ET SON FILS.

Je fus chez Lise un beau matin ;
Un jeune enfant à blonde chevelure
Savourait sur son sein
Le premier don de la nature ;
Ah ! qu'elle-même avait d'appas !
Oui , je la pris pour celle qu'on révère
A Paphos, à Cythère ,
Tenant l'Amour, l'allaitant dans ses bras !
Tant de beautés captivèrent mon ame.
Puissé-je, Amour ! venir demain ;
Mais sois tout entier dans mon sein ,
Non sur celui qui fit naître ma flamme.

L'ORAGE.

J'errais sous un ombrage
Avec Zélis ; soudain,
Le plus affreux orage
Nous arrête en chemin ;
L'air mugit ; le tonnerre
Roule, ébranle la terre,
Et l'éclair fend les cieux.
Zélis est éperdue ;
Et, levant vers la nue
L'azur de ses beaux yeux,
Sauve-moi, me dit-elle,
Je vais mourir d'effroi.
Et sa tête si belle
Se reposait sur moi !...
Ah ! sauve-moi toi-même,
Lui dis-je en soupirant,
De ce délire extrême
Où je suis à présent ;
Tu crains le météore
Qui parcoure les cieux :
Quand tes yeux sont encore
Cent fois plus dangereux !

L'ABANDON.

Elise se plaignait de son triste abandon,
De sa cruelle solitude ;
Elise avait raison ;
Car, peut-on contracter, à quinze ans, l'habitude
D'être éloigné de tout ?
Il me semble voir une rose
Qu'un noir désert environne partout ;
Désert affreux, où l'ennui se repose,
Où le zéphyr
N'a point d'haleine ;
Où la tristesse se promène ;
Où l'on ignore le plaisir
Et même l'espérance !...
Qui viendra donc alléger son tourment ?
De même, Elise vainement,
Croît pour la jouissance....
Venez zéphyrs la rose vous attend.

L'HIVER.

—

Eole se ranime et déchaîne les vents ;
De leurs antres neigeux les longs mugissements
Menacent la nature ; et la feuille tremblante
Va parcourir le front de l'herbe jaunissante ;
　　　On n'entend plus le doux bruit des ruisseaux ,
　　　Et la forêt, déserte, sans verdure ,
　　　Ne rédit plus le ravissant murmure
Que formaient les oiseaux en chantant leurs amours.
Les bocages, les champs ont perdu leurs atours ;
　　　Tout est changé : d'immobiles nuages
　　　Ont remplacé les rayons du soleil ;
　　　Et la nature en son morne sommeil
　　　N'offre partout que des aspects sauvages.
Mais l'inflexible hiver ne règne point pour nous ,
　　　O ma Cloé ! c'est la seule vieillesse
　　　　Qu'il menace de son courroux.
　　　Quand on jouit des dons de la jeunesse
　　　On ne voit point le change des saisons ;
L'Eté calme le feu de ses exhalaisons
　　　　Et l'hiver a des charmes :
　　　Près de l'objet de ses amours

L'heureux amant trouve de sûres armes
Contre l'intempérie et des nuits et des jours.
    Ne craignons donc, ni l'hiver ni sa rage ;
Et tandis qu'il répand la triste aridité ,
      Jouissons en sécurité
        Du printems de notre âge.

A UN NUAGE.

Toi, dont l'ombre a couvert la cime de ces monts
　　　　　　Et cette grotte solitaire,
Des vapeurs de la nuit léger dépositaire,
Nuage, du soleil tempère les rayons.
　　　　　Voici le tems des pénibles moissons,
　　　　　Où Thestilis, la bergère que j'aime,
　　　　　Coupe, lie, elle-même,
　　　　　La gerbe et les épis ;
Oppose une ombre fraîche à la chaleur extrême,
　　　　　Et conserve ses lis,
　　　Ses lis charmans, l'éclat, plus bel encore,
　　　　　De ses lèvres d'amour ;
Protège le départ, les travaux, le retour,
　　　　　De celle que j'adore.

LA PRÉFÉRENCE.

Que parmi le gazon d'une aimable prairie
    J'aime souvent à m'égarer !
Le folâtre zéphyr y répand l'ambroisie,
    L'onde plus vive y vient errer ;

Mais je préfère encor le propice feuillage
    De ces pampres voluptueux ,
Où la jeune beauté, devenant moins sauvage ,
    Jette des regards langoureux ;

Où, le cœur tout ému d'un je ne sais quel charme ,
    Elle est enflammée à son tour ;
Où ses yeux, humectés d'une légère larme,
    Demandent sa grâce à l'amour.

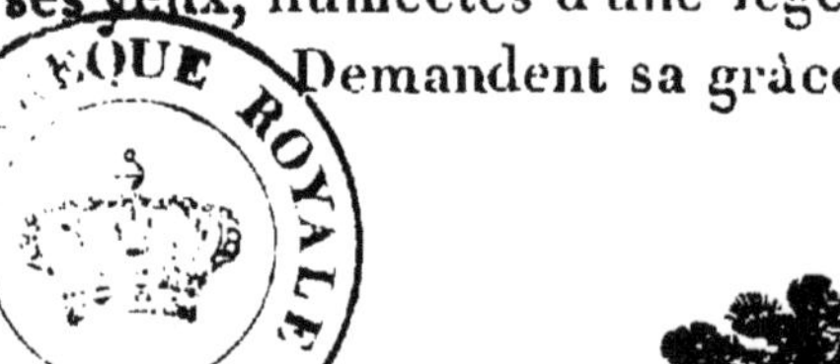

LE CHOIX.

Il est certaine compagnie
Que je préférerai toujours ;
C'est celle d'une jeune amie
Que suivent partout les amours ;
Tout avec elle est jouissance ,
Un mot, un regard, un soupir ;
Elle sera mon existence,
Puisqu'elle seule est le plaisir.

LE BESOIN D'AIMER.

Laure à quinze ans commençait à rêver ;
    Et cette rêverie
Etait l'effet d'une secrète envie,
Qu'un jeune cœur est enclin d'éprouver.
Déjà l'amour, avec sa main légère,
Avait formé de séduisants contours ,
Tout s'élançait vers une autre carrière :
(Aucun enfant ne peut l'être toujours)
    A tout âge on désire ;
    Mais les désirs sont différens :
    L'enfance est en délire
    Dans des jeux innocens,
    Et la froide vieillesse
    Fonde dans sa richesse
    Sa joie et son bonheur ;
    Mais la tendre jeunesse
    A la vive couleur ,
    Selon moi ne désire
        Qu'à s'enflammer ,
        Et ne respire
        Que le besoin d'aimer.

LE PRISONNIER AU PAPILLON.

Léger habitant de la plaine ,
    Quel souffle impétueux
Te jeta dans cet antre affreux
    Pour partager ma peine ?
Connaîtrais-tu comme moi le malheur ?
Troublerait-il ton innocente vie ?
Ah ! la vertu partout avec fureur
    Est par le crime poursuivie !
Viens , donnons-nous des consolations ;
    Dans nos afflictions
Nous goûterons cette ineffable joie ,
    Ces doux épanchemens ,
    Que Dieu toujours envoie
Aux malheureux unis dans les tourmens,
    Dans cet asile horrible
Et du silence et de l'obscurité ,
    Je guiderai ton vol paisible
    Et rendrai moins sensible
L'horreur de ta captivité....
Mais non.... fuis ; le printems aimable
    N'embellit jamais ce séjour :
    Une ombre impénétrable
Y remplace à jamais le jour !

Va donc ; va, d'une aile légère ,
        Trouver la liberté ;
        Tu sais comme elle est chère ,
Quelle en est la félicité !
        Tu dois goûter ses charmes ;
        Pourquoi changer ton sort
            En des allarmes
        Dont le terme est la mort ?
        A l'aurore de rose
        Que tu vois chaque jour ,
        A cette fleur éclose
        Qui brigue ton amour ,
        Succéderait une ombre ,
        Dont l'aspect toujours sombre
        Ne se change jamais ;
        Et de chaînes pesantes
        Les masses effrayantes
T'accableraient sous leur horrible faix ....
Va donc plus vite où le bonheur t'appelle ,
        Doux habitant des airs !
Et laisse-moi subir ma sentence cruelle ;
Ah ! seul, je dois mourir sous le poids de mes fers !...

PLAINTE DU BERGER NADASTE.

Destin qui veux ma perte
N'es-tu point las de me persécuter ?
Je dois donc habiter
Cette rive déserte !
Aucun berger pour répondre à mes chants,
Pour les entendre il n'est point de bergère ;
Mes moutons, seuls, tristes et languissans,
Partageront ma peine amère !...
C'est en ces mots que, sur les bords fleuris
Que suit l'Arno d'une onde fugitive,
Nadaste, d'une voix plaintive,
Soupirait ses ennuis.
Mais il se tut : sa tristesse l'arrête ;
Et, transporté de l'excès de ses maux,
Il brisa sa houlette
Et fit voler sa flûte sur les eaux.

UNE JEUNE FILLE.

Elle est comme la rose
Qui naît d'un beau matin,
Quand zéphyr se pose
Et se joue en son sein;
Elle reçoit sans peine
Un hôte si léger;
Respire son haleine
Et le besoin d'aimer.

UN INSTANT DE MÉLANCOLIE.

Tout paraissait plongé dans la nuit la plus sombre ;
Les soucis dévorants assiégeaient mon cœur :
Règne à jamais, disais-je, ô mystérieuse ombre !
Du rigoureux destin tu dois être la sœur.

En ce moment le ciel, couvert d'épais nuages ,
Aux tonnerres affreux abandonna les airs ;
La nature aussitôt fut en proie aux orages ,
Et le désordre allait confondre l'univers :

Mais soudain un beau jour chassa la nuit obscure ;
Les zéphyrs de nouveau descendirent des cieux ;
L'amour rendit le calme à toute la nature :
Cloé, celle que j'aime, était devant mes yeux !

ÉPIGRAMME.

———

Iris est philosophe, elle vit solitaire;
A vingt ans s'enterrer ! belle comme le jour !
N'a-t-elle donc aucun désir de plaire ? . . .
Non ; c'est qu'Iris veut éviter l'amour.
Mais cette fuite est bien peu naturelle :
On ne peut vaincre un Dieu toujours vainqueur.
Envers l'amour quand on fait la rebelle
C'est que déjà l'amour est dans le cœur.

LA BRIÈVETÉ DE LA VIE.

Les plaisirs de l'amour embellissent la vie ;
    La vie, hélas ! passe avec les amours :
    Jouissons donc, Cloé, du peu de jours
    Qu'en nous filant la Parque nous envie !

Eloignons, s'il se peut, la mort qui nous poursuit ;
    Et, profitant des désirs de notre âge,
    De ces désirs, Cloé, faisons usage :
    Il n'en est plus dans l'éternelle nuit.

LE PROVERBE.

Quand seul encore en ce vaste univers,
Adam surpris contemplait la nature,
Son œil, errant sur mille objets divers,
Ne voyait qu'une et même créature ;
Mais un objet vint le tirer d'erreur :
Comme un beau lis qui ne fait que de naître,
Il fut charmé de l'aimable candeur
Qu'il croyait voir régner sur tout son être ;
S'éloignait-il cet objet ravissant,
Aux yeux d'Adam les airs devenaient sombres,
Et tout semblait rentrer dans le néant ;
Mais revenu, l'objet chassait les ombres
Et ramenait et le calme et le jour ;
Tant il est vrai : *point d'Eden sans amour.*

NOTES

DU

POEME D'IGOR.

PAGE 12, VERS 4.

N'entrent point de Boyan les fictions antiques.

C'est ainsi que se nommait dans l'antiquité un célèbre poète russe, qui servit de modèle à ceux qui l'ont suivi. Par le peu de vers qui le concerne, on voit qu'il célébrait toujours les grands événemens, et que son style était élevé.

PAGE 12, VERS 15.

Il assemble aussitôt l'Elite formidable....

Je nomme ici Élite, les gardes du Prince, ou la *Droujine*.

PAGE 14, VERS 24.

Et, suivi de Troyan, franchissant les vallons.

On ne sait qui était ce Troyan ; son nom signifie *la terre de Tron*.

ЗАМѢЧАНІЯ.

Страница 13 Стихъ 7.

Не по замысламъ Бояновымъ.

Такъ назывался славнѣйшій въ древности Стихотворецъ Русской, который служилъ образцемъ для бывшихъ послѣ него писателей. Изъ нѣкоторыхъ въ примѣръ здѣсь приведенныхъ словъ явствуетъ, что Боянъ воспѣвалъ всегда важныя произшествія и выражалъ мысли свои возвышенно.

Страница 15 Стихъ 4.

Говорилъ ко своей дружинѣ.

Дружиною назывались отборные воины, сопровождавшіе Государей во всѣхъ походахъ.

Страница 15 Стихъ 14.

Мчась во слѣдь. . . . Трояновымъ.

Неизвѣстно, кто сей Троянъ.

PAGE 16, VERS 2.

Chante, fils de Veless! le tems en est venu.

Veless, dieu du paganisme en Slavonie, le protecteur des troupeaux et second Peroun. Cependant, on pourrait conjecturer qu'il était, comme l'Apollon des Grecs, le dieu de la poésie, puisque l'auteur donne à Boyan le titre de son fils.

PAGE 16, VERS 6.

N'attend que Vsevolod pour aller plus avant.

Vsevolod, frère d'Igor et prince apanagé de Troubchesk.

PAGE 18, VERS 12.

Et toi, Tmoutarakan, tes murs en ont mugi.

La situation géographique de cette principauté a été long-tems incertaine ; mais, d'après des découvertes faites nouvellement, on est parvenu à savoir qu'elle est au nord-est de la Tauride.

Страница 17 , Стихъ 1.

О Боянъ , Велесовъ. . . . внукъ.

Велесъ , Славянскій въ язычествѣ богъ , покрови-
тель стадъ и второй Перунъ. Однако, можно думать,
что онъ былъ , какъ Аполлонъ у Грековъ, богъ сти-
хотворства; ибо авторъ называетъ Бояна его сыномъ.

Страница 17, Стихъ 8.

Врата милаго Всеволода.

Всеволодъ , братъ Игоря и владѣтельный Князь
Трубшескій.

Страница 19, Стихъ 11.

Во Корсутъ , въ Фамагоріи. . .

Географическое мѣстоположеніе сего Княжества
долгое время оставалось неизвѣстнымъ ; но по нѣко-
торымъ новымъ открытіямъ доказано что оно на-
ходится въ Тавридѣ къ Сѣверу-Востоку.

NOTES.

PAGE 18, VERS 26.

O Russes ! loin de vous est déjà Chélomène.

C'est le nom d'un bourg près de Péréaslaw, sur la rivière d'Olta, qui servait de frontière aux états Polovtsiens.

PAGE 20, VERS 12.

Igor reçut la toupe et la blanche bannière.

Anciennes marques de distinction données pour la bravoure.

PAGE 20, VERS 16.

Gzag fuit avec Konchak et maudit sa défaite.

Généraux polovtsiens, vaincus à la première bataille.

PAGE 22, VERS 1.

Les enfans de Stribog sur les troupes d'Igor....

Stribog était l'Eole des Slaves. On peut voir par cette esquisse quel avantage l'auteur aurait pu tirer de la mythologie slavonne.

Страница 19, Стихъ 29.

Далеко за Шеломенемъ вы!

Русское село въ области Переяславской на границѣ къ Половцамъ лежащее близь рѣки Ольпы.

Страница 21,   Стихъ 5.

Хоругвь бѣлая. . . .

Знаки отличія , награда храбрости.

Страница 23.   Стихъ 1.

Что бѣгутъ Князья Полоцкіе.

Гзагъ и Кончакъ, начальники Половцовъ.

Страница 23.   Стихъ 1.

Уже вѣтры внуки Стрибога . . .

Стрибогъ, (Славянскій Эолъ). Можно видѣть какую пользу Авторъ получилъ бы отъ Славянской Миѳологіи.

PAGE 22, VERS 14.

Où, près de Glebovna. . . . . . .

Epouse de Vsévolod et fille de Gleb, prince de Péréaslaw.

PAGE 22, VERS 19.

Les tems d'Iaroslaw. . . . . . .

Le règne de trente-cinq ans d'Iaroslaw, sera long-tems mémorable. Les victoires qu'il remporta contre le fratricide Svétopolk et contre Mstislaw, prince de Tmoutarakan, attestent sa valeur. Il soumit aussi l'Esthonie et la Livonie.

PAGE 22, VERS 21.

De même, Oleg n'est plus . . . .

Ce Prince régna à Tmoutarakan, depuis 1065 jusqu'en 1114. Il causa souvent des troubles, funestes pour la Russie. Les Polovtsis étaient soudoyés par lui pour ravager et le seconder dans ses desseins.

PAGE 24, VERS 2.

Boris au jeune Oleg implora son pardon.

On ne sait quelle offense Boris avait faite à Oleg.

Страница 23. Стихъ 24.

Отъ супруги милой Глѣбовны.

Супруга Всеволода, и дочь Князя Глѣба Юрьевича Переяславскаго.

Страница 23. стихъ 25.

Прошли лѣта Ярославовы.

Тридцати-пятилѣтнее государствованіе Ярослава I, надолго оставалось памятнымъ для Россіянъ. Побѣды, одержанныя имъ надъ братоубійцею Святополкомъ и надъ Тмутараканскимъ Княземъ Мстиславомъ, доказываютъ его храбрость. Онъ также покорилъ Лифляндію и Эстляндію.

Страница 23. Стихъ 26.

Миновалась брань Олегова.

Князь Олегъ Святославовичь, бывшій въ 1065 по 1114 годъ на Тмутараканскомъ княженіи. Безпокойный нравъ его и склонности къ возмущеніямъ, много навлекли зла на землю Рускую. Половцы всегда были орудіемъ его замысловъ.

Страница 25. Стихъ 4.

И . . . Борисъ Вячеславичь.

Почему онъ былъ призванъ на судъ, лѣтописи о

Les cérémonies du jugement avaient lieu de cette manière : on introduisait l'accusé dans la tente, où tous les princes étaient assis sur des tapis, et à son arrivée ils sortaient, montaient à cheval suivis de leurs boyards et le laissaient seul avec la honte de n'oser les accompagner.

PAGE 24, VERS 4.

Svétopolk, traversant les troupes de Hongrie ...

On compte cinq Svetopolk ; mais on ignore du quel il est question ici.

PAGE 24, VERS 10.

Des enfans de Dajd-Bog interrompait la voix.

Ce Dieu était le dispensateur de tous les biens, et ceux qui en jouissaient s'appelaient ses enfans.

PAGE 26, VERS 8.

Vit l'adieu des héros ravis à leur patrie.

Les Polovtsis enorgueillis de leur victoire et d'avoir Igor prisonnier, envoyèrent à Svetoslaw des négocians russes pour traiter de la rançon d'Igor; ils l'avaient mise à 2000 livres d'argent, somme exorbitante pour ces tems-là, et que Svétoslaw, malgré sa tendresse pour ses enfans, n'aurait jamais pu payer.

томъ умолчали. Виновнаго призывали въ шатеръ, гдѣ всѣ Князья сидѣли на коврѣ, съ котораго послѣ допроса уходили и виновнаго одного на ономъ оставляли, потому, что никто его къ себѣ не допускалъ.

Страница 25. Стихъ 4.

Святополкъ же съ рѣки Каялы.

Пять считается Святополковъ; но неизвѣстно до котораго сіе касается.

Страница 25. Стихъ 13.

Храбрымъ внучатамъ Даждь-Божевымъ.

Кумиръ въ Кіевѣ боготворимый, податель всякихъ благъ. Пользующіеся благоденствіемъ названы его внуками.

Страница 27, Стихъ 11.

Тутъ-то братья разлучилися.

Половцы возгордясь побѣдою и взятіемъ въ плѣнъ Игоря, прислали къ Великому Князю Святославу купцовъ Рускихъ съ росписью, сколько за него требовали откупа. За Игоря положили цѣну по тогдашнему времени несносную, а именно: 2000 фунтовъ серебра.

PAGE 30, VERS 13.

Ayant atteint Kobiak dans les rangs polovtsiens...

C'est un prince polovtsien que Svétoslaw III fit prisonnier en 1184, dans une bataille qui se donna près de la rivière d'Orla.

PAGE 32, VERS 9.

Faisaient retentir Plensk. Kissan....

Kissan était une ville de la principauté de Galitz.

PAGE 34, VERS 10.

Elles célébraient Buss, Chourakan....

On ignore qui fut ce Buss. Chourakan était, sans doute, une ville polovtsienne, acquise par les Russes en 1111.

PAGE 36, VERS 13.

Urim, poussant des cris . . . .

Cet Urim était un des alliés d'Igor.

PAGE 38, VERS 5.

Et de tes chéréchirs . . . . . .

Ces chéréchirs étaient, à ce que l'on suppose, une espèce de fronde propre à lancer des flèches et des pierres.

PAGE 42, VERS 14.

Le fils de Vassilkow. . . . . . .

Isiaslaw ; il périt en Lithuanie.

Страница 21, Стихъ 18.

И Кобяка нечестиваго . . . .

Князь Половецкій, котораго Святославъ III, въ 1184 году , неподалеку отъ рѣки Орла побѣдилъ и взялъ въ плѣнъ.

Страница 33, Стихъ 10.

На валахъ въ дебри Кисановой.

Городъ Галицкаго Княженія.

Страница 35, Стихъ 16 и 17.

Времена вспѣвая Бусовы ,
Славя мщенье Сураканово.

Кто былъ Бусъ, не извѣстно; а о Сураканѣ лѣтописи упоминаютъ, что это городъ Половецкій, съ котораго въ 1111 году Русскіе взяли скупъ.

Страница 37, Стихъ 22.

. . — Уримъ кричитъ подъ саблями.

Одинъ изъ Воеводъ, или изъ союзниковъ Игоря.

Страница 39, Стихъ 7.

Стрѣлять . . . . шереширами . . .

Полагаютъ , что это родъ пращи, которою каменья метали и стрѣлы.

Страница 43, Стихъ 17.

Изяславъ только Васильковъ внукъ.

Онъ умеръ въ Литвѣ.

PAGE 44, VERS 19.

De même, Ieroslavna. . . . . . .

Epouse d'Igor et fille d'Ieroslaw, prince de Galitz.

PAGE 50, VERS 1.

Ovlour, non loin du fleuve. . . . . . .

Dans les chroniques russes on le nomme Laver ; sa mère était Russe. Quand Ovlour proposa la fuite à Igor, le prince, se méfiant de lui, avait rejeté sa proposition ; mais étant rassuré sur sa probité par son écuyer, il consentit à partir avec lui. Ainsi, à l'heure indiquée, Igor enivra ses gardes et profita de leur sommeil pour s'esquiver. Il sortit des frontières, passa la rivière et monta sur le cheval que lui avait préparé le généreux Ovlour.

PAGE 50, VERS 25,

Du jeune Rostislaw. . . . . .

Rostislaw, fils du grand prince Vsévolod, tomba dans le Dnieper et y périt.

FIN.

Сптраница 45, Спихъ 48.

Ярославнинъ голосъ слышишся.

Супруга Князя Игоря, дочь Князя Ярославова Галицкаго.

Сптраница 54, Спихъ 4.

Овлуръ свиснулъ за рѣкой громко.

Въ Россійскихъ Лѣтописяхъ, онъ называется Леверъ. Его мать была Русская. Когда Овлуръ здѣлалъ предложеніе Князю Игорю способствовать ему въ побѣгѣ, то онъ сперва не понадѣялся на него; но послѣ будучи удоствѣренъ отъ конюшаго своего, согласился уйти съ нимъ. И такъ, въ назначенный часъ, Игорь напоивъ приставленную къ нему стражу, когда всѣ погружены были въ крѣпкомъ снѣ, прошелъ тихо сквозь Половецкія заставы, и преплывъ чрезъ рѣку — ускакалъ на приготовленномъ конѣ отъ Овлура.

Сптраница 54, Спихъ 23.

Ростиславу Князю юному

Затворилъ Днѣпръ брега темные.

Сынъ Великаго Князя Всеволода; онъ утонулъ въ Днѣпрѣ.

К О Н Е Ц Ъ.

TABLE.

ОГЛАВЛЕНIЕ.

—

9 782329 304755